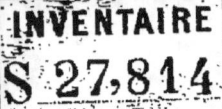
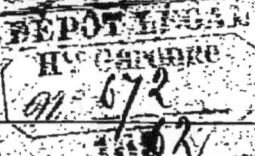

DÉPOT LÉGAL
H⁰ CHAMBRE
91 672
1862

NOTRE CONDUITE

et

NOS OBLIGATIONS

A L'ÉGARD DES ANIMAUX.

TRAITÉ DE MORALE PRATIQUE

DÉDIÉ

AUX ÉCOLES ET AUX FAMILLES

Par G. GOGUEL, pasteur.

MÉMOIRE QUI A OBTENU UN PRIX A LYON, AU CONCOURS OUVERT
PAR LA SOCIÉTÉ PROTECTRICE DES ANIMAUX.

TOULOUSE,

SOCIÉTÉ DES LIVRES RELIGIEUX

Dépôt : rue des Balances, 35, hôtel Sans.

1862.

NOTRE CONDUITE

ET

NOS OBLIGATIONS

A L'ÉGARD DES ANIMAUX.

PUBLIÉ PAR LA SOCIÉTÉ DES LIVRES RELIGIEUX
DE TOULOUSE.

Toulouse, imp. de A. CHAUVIN, rue Mirepoix, 3.

NOTRE CONDUITE

ET

NOS OBLIGATIONS

A L'ÉGARD DES ANIMAUX.

TRAITÉ DE MORALE PRATIQUE

DÉDIÉ

AUX ÉCOLES ET AUX FAMILLES,

Par G. GOGUEL, pasteur.

Le juste a égard à la vie de sa bête ;
mais les entrailles des méchants sont
cruelles. (Prov., XII, 10.)

———

MÉMOIRE QUI A OBTENU UN PRIX A LYON, AU CONCOURS OUVERT
PAR LA SOCIÉTÉ PROTECTRICE DES ANIMAUX.

———

TOULOUSE,
SOCIÉTÉ DES LIVRES RELIGIEUX.
Dépôt : rue des Balances, 35, hôtel Sans.

———

1862.

AUX INSTITUTEURS ET AUX PARENTS.

———

Les instituteurs et les parents ne né-
gligeront pas d'interroger les enfants
pendant et après la lecture des paragraphes de ce traité; comme aussi de leur
donner des développements et des éclair-
cissements sur les divers objets que ces
paragraphes renferment.

Tout en restant fidèle à notre sujet,
on remarquera la variété des connais-
sances que les enfants peuvent acquérir

au moyen de ce petit livre, sous la direc-
tion d'un maître instruit qui sait profiter
de tout et du moindre mot, en quelque
sorte, pour donner des idées à ses élèves, pour augmenter la somme de leurs
notions, peur développer leurs senti-
ments, en un mot pour parler à leur
cœur et à leur esprit, agrandir leur intelligence, provoquer leur réflexion et les
bien préparer à entrer dans la vie.

I.

L'histoire naturelle. — L'homme et les animaux.

Tout ce qui nous
entoure, ce que nous
voyons, et ce qui échappe
à nos regards; — tout ce
qu'il y a dans le ciel,
c'est-à-dire dans
l'immensité qui
nous environne; tout ce qui existe sur la

terre et dans son sein, dans les airs et dans l'élément liquide, dans les rivières, les fleuves, les lacs et les vastes mers qui couvrent une partie de notre globe, ne laissant que deux millions (2,000,000) de lieues carrées de terre ferme sur une surface d'environ 9,266,000 lieues carrées, ou un peu plus des $3/4$, d'autres disent les $4/5$ de la surface totale de notre globe; tout cela, disons-nous, tout cet ensemble d'*objets*, de *choses créées*, d'*êtres* et de *créatures*, c'est la *nature*, la *création*, l'*univers*, le *monde visible* ou *sensible*.

Le Dieu vivant et tout puissant aux siècles des siècles, que nous devons aimer, craindre et adorer, l'Être des êtres, qui seul est nécessaire, a donné l'existence ou la vie, dit sa Parole écrite, à tout ce qui se trouve ici-bas et là-haut dans les cieux. La nature entière offre une harmonie parfaite qui est irrésistiblement réglée par la Providence divine, comme l'ont reconnu les grands naturalistes de notre siècle et beaucoup de ceux qui les ont devancés.

Ce que nous venons d'énumérer en quelques mots est désigné sous le nom d'*histoire naturelle*, histoire dont l'étude immense a nécessité de grandes divisions que l'on appelle *règnes*, puis des subdivisions, afin de permettre à l'intelligence bornée de l'homme de s'en occuper sous ses différentes faces, non-seulement dans l'intérêt de la science, mais aussi au point de vue de l'utilité matérielle ou pour l'avantage de chaque jour.

La sainte Bible s'ouvre par ces paroles : *Dieu créa, au commencement, les cieux et la terre.* L'étude des cieux, des astres, de leurs mouvements et de leur influence, combinés avec les mouvements du globe sur lequel repose notre pied, c'est l'astronomie. L'étude de la terre, de tous les êtres et objets qui s'y trouvent ou qu'elle renferme, offre les trois grandes divisions suivantes :

1° Le *règne minéral*, qui embrasse les montagnes, les carrières, les mines de toute nature, charbons, pierres et métaux, cachés dans le sein de la terre, et qui rappelle des révolutions qui ont enfoui de vastes forêts, des animaux gigantesques, et fait surgir des montagnes du fond de la mer avec ses coquilles et ses poissons.

2° Le *règne végétal*, qui comprend toutes les plantes des prairies, des jardins, des coteaux, des forêts, et les forêts elles-mêmes, depuis le plus chétif arbuste jusqu'au majestueux cèdre du Liban, sans oublier les plantes aquatiques et la moindre mousse qui tapisse le flanc des Alpes et des Pyrénées.

3° Enfin le *règne animal*, qui rappelle surtout la vie, la sensibilité et la locomotion, ou la faculté de se transporter d'un lieu dans un autre. Il nous occupera à un point de vue tout particulier : celui qu'indique le titre de ce petit livre.

L'*homme* figure, dans le règne animal, comme une créature distincte entre toutes celles qui respirent ; il y figure comme le roi de l'intelligence, de la pensée et de la réflexion ; il y occupe la place supé-

rieure, une place à part, parce que Dieu
l'a créé à son image, l'a rempli d'un esprit
de vie, lui a donné domination sur tout ce
qui est sur la terre et sur les animaux pour
s'en servir, autant que possible, selon ses
besoins légitimes. L'homme, être moral, est
en dehors et au dessus du règne animal :
il a mesuré la terre et les cieux ; il a dé-
composé la lumière, il a dompté la vapeur
et l'a rendue fidèle exécutrice de ses vo-
lontés ; et que n'a-t-il pas trouvé, inventé
ou fait encore ?

Les *animaux* ont été étudiés sous une
foule de rapports par des hommes de science,
mais celui qui s'est surtout occupé de leur
instinct, de leur intelligence, de leur *moral*, de leur sociabilité et de leur domesticité, est bien connu dans le monde savant.
C'est le frère de *Georges Cuvier*, que vit
naître l'un et l'autre une petite ville du département du Doubs, dans la seconde
moitié du dernier siècle.

Frédéric Cuvier, né à Montbéliard le 28
juin 1773, mort à Strasbourg le 24 juillet

1838 , remplissant les hautes fonctions
d'inspecteur général de l'Université, nous
attache tout particulièrement aux bêtes par
les observations qu'elles lui ont fournies.
C'est ce que fait aussi l'histoire naturelle
du comte de Buffon et d'autres naturalistes
célèbres (1). Ces hommes éminents nous
apprennent à avoir égard à la vie des animaux, à leurs cris, à leur sensibilité; à
la souffrance, à la douleur qu'ils éprouvent
sous la main de l'homme cruel qui montre
souvent dans sa conduite envers eux le
mauvais cœur qu'il porte dans sa poitrine,
et le mauvais caractère qui le dirige, comme
nous en aurons à en offrir des exemples
frappants et vrais.

Détourne-toi du mal.

(1) Nous citerons entre autres MM. Flourens, de l'Institut
de France ; Fée, membre de l'Académie impériale de méde-
cine.

II.

L'homme ne doit rien faire qui le dégrade. — La musette.

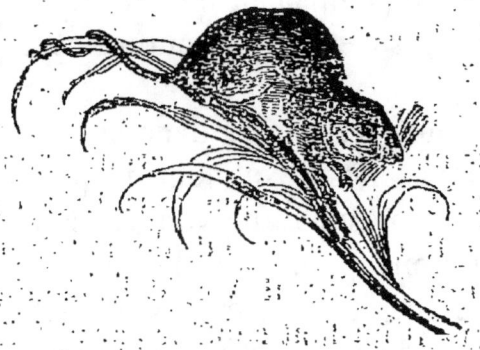

Le titre de ce petit livre que nous vous dédions avec empressement, chers enfants, doit vous paraître nouveau, et peut-être que vous ne l'avez vu nulle part : peut-être aussi vous êtes-vous demandé en l'ouvrant : « Mais quelles obligations pouvons-nous avoir envers les animaux, envers ces créatures dont nous nous servons, qui vivent

sous notre toit pour notre usage ou pour
notre agrément? Ou bien, à quels devoirs,
à quelles obligations puis-je être tenu envers des bêtes immondes ou nuisibles qu'il
est impossible de regarder sans dégoût, ou
contre lesquelles je dois me garer, si je
ne veux pas devenir la victime de leur férocité, de leur méchanceté, de leur dangereuse morsure, de leur piqûre ou de leur
venin? »

Voilà bien des choses dans ces quelques
lignes; mais elles s'expliqueront peu à peu,
au fur et à mesure que vous lirez ces pages, qui ont pour but de montrer que
ceux qui négligent volontairement, qui
maltraitent ou font souffrir par plaisir, par
colère ou vengeance un animal quelconque
possèdent un mauvais caractère, une âme
basse, des instincts durs et cruels, et sont
complétement dépourvus de ces principes
de morale qui sont à la base d'une bonne
éducation.

Sans doute, il est permis de nous défendre contre une bête fauve, contre un animal

malfaisant ou qui peut nous nuire; mais
venant à nous en emparer, il ne nous est
pas permis de le faire souffrir, de lui couper une oreille ou la queue, de lui brûler
les membres, de lui porter des coups dans
le but de lui arracher des cris de douleur
ou des gémissements. Celui qui agit ainsi
à l'égard d'un animal indique par là ou
tout au moins laisse supposer qu'il se ren-
dra tôt ou tard coupable de cruauté à l'é-
gard des personnes.

Voici un principe dont il faut prendre
bonne note : NE FAISONS JAMAIS RIEN QUI
NOUS DÉGRADE AUX YEUX DE NOS SEMBLABLES
ET A NOS PROPRES YEUX. Prenons garde au
témoignage de notre conscience, à cette
voix distincte que Dieu fait entendre dans
notre homme intérieur. Heureux qui y est
attentif ! Il se déshonore celui qui la mé-
prise et cherche à la faire taire, même
dans les moindres actions !

Un jeune enfant était parvenu à saisir
une musette ou *musaraigne*. Craignant
d'en être mordu, et sachant qu'elle a une

si forte odeur que les chats ne la mangent
pas, il l'avait prise avec des pinces, et s'é-
tait mis à crier à ses camarades d'allumer
une chandelle pour s'amuser ensemble
à lui rôtir le nez et les oreilles. Ils mirent
à exécution cet affreux dessein, en sorte
que la pauvre bête se débattait horrible-
ment. Attiré par le bruit et les rires insensés
qu'excitait ce spectacle barbare, j'entrai
dans la chambre où se passait cette scène,
et m'empressai de donner la mort au petit
mammifère insectivore qui, par son museau
allongé ressemble au fourmillier et à la
taupe. Puis je dis sévèrement à ces méchants
garçons qu'il fallait que leurs cœurs fus-
sent bien durs et bien dépravés, pour
leur permettre de faire pareille atrocité.
Alors saisissant vivement la main au plus
coupable, je lui mis les doigts, à peine
une seconde, dans la même flamme dont
il venait de se servir; aussitôt il poussa un
cri.

— Pourquoi cries-tu, sot garçon? lui
dis-je.

— Parce que vous m'avez brûlé, répondit-il.

— Oui, je t'ai fait sentir cette chaleur, pour te faire sentir le mal que tu te permettais d'infliger à cette pauvre bête, et te faire comprendre combien ton action est coupable. Crois-tu maintenant que tu n'es pas répréhensible d'avoir tourmenté ce pauvre animal ? Et vous, ses camarades qui l'excitiez et l'encouragiez par vos rires, croyez-vous avoir bien fait en agissant ainsi ?

Tous furent dans la consternation et ne dirent mot. Mais pressés par mes exhortations et mes demandes, ils finirent par avouer que leur conduite avait été détestable; plusieurs même pleurèrent de honte, et tous ensemble promirent qu'ils ne tourmenteraient plus aucun animal, pas même une mouche; que, s'ils devaient la détruire, ce serait sans la faire souffrir.

Ne faisons jamais rien qui nous dégrade et nous couvre de honte.

III.

La méchanceté et la cruauté de l'homme.

Dieu a créé toutes sortes d'animaux dans différents buts, que l'homme parvient à reconnaître plus ou moins, selon son savoir et son esprit d'étude et de recherche. Il en a mis à notre disposition pour notre nourri-

ture et pour nous aider dans nos travaux. Nous leur devons les plus grands
soins, et s'il s'agit de les abattre pour passer dans la consommation, tout cela doit
être fait promptement, sans prolonger leur
souffrance et leur mort. Ou bien, si nous
nous en servons pour cultiver la terre,
pour faire des transports, pour voyager,
nous avons encore des obligations particulières et incontestables envers eux. Malheureusement, elles n'ont pas toujours été
comprises par certains hommes qui, dans
la mauvaise humeur, dans la colère, dans
le vin ou sous l'empire de quelque passion désordonnée, ont laissé éclater leur
cruauté naturelle, et ont frappé, d'une manière atroce, les animaux qu'ils condui-
saient, soit qu'ils leur appartinssent en
toute propriété, soit qu'ils leur eussent été
confiés pour un temps plus ou moins
long.

C'est à la suite de pareils faits que des
cœurs généreux se sont émus, ont songé à
faire comprendre à leurs semblables qu'ils

doivent se respecter eux-mêmes, que la
brutalité et la cruauté envers de pauvres
animaux qu'ils ont à leur service, ou qu'ils
emploient à leur usage, les avilissent.
Ces cœurs généreux ont songé à relever
l'homme d'un tel abaissement en plaidant,
en quelque sorte, la cause des animaux
opprimés, et en se constituant en sociétés
pour les protéger efficacement contre des
sévices abominables et des coups injustes.
Par leur persévérance, ils ont provoqué
des lois spéciales sur cette matière, qui regarde au suprême degré le moral de
l'homme. Nous voulons vous parler d'a-
bord des *sociétés protectrices des animaux,*
dont les premières ont précédé notre *législation* sur la matière.

Les œuvres louables et utiles sont le
partage des hommes de bien ; ils combat-
tent le mal sans relâche.

IV.

Les sociétés protectrices des animaux à l'étranger.

Les animaux sont des instruments précieux de notre existence, des agents indispensables à nos besoins et à nos plaisirs.

L'Angleterre, le Danemark, la Suisse, la Bavière, la Prusse, l'Autriche, la Bo-

hême, la Saxe, en un mot, la plupart des
Etats de l'Allemagne, ont été les premiers,
à force de soins et de persévérance, à
fonder des *sociétés protectrices des animaux*. Il vient de s'en établir une à Hel-
singfors en Russie.

C'est à Londres, en 1809, que la voix
de lord Erskine s'éleva au milieu du parlement anglais pour obtenir justice en fa-
veur des animaux maltraités. Il y a un
demi-siècle qu'il disait : « Il n'y a pas d'é-
ducation complète, de cœur véritablement
bon sans compassion pour les animaux. »
Mais ce n'est qu'en 1822, que Richard
Martin, après de longs et louables efforts,
parvint à obtenir du parlement l'acte qui
porte son nom. Deux ans après, il réussit à
fonder à Londres la première association
qui s'appela : *Société pour prévenir les
cruautés exercées envers les animaux*. Cette
Société, qui a pris ensuite le nom de *Société royale protectrice des animaux*, vient
d'envoyer à l'empereur des Français une
députation pour le rendre attentif à la *vi-*

visection, c'est-à-dire aux expériences cruelles faites sur les animaux vivants, en les disséquant en quelque sorte, question qui occupe depuis longtemps les diverses sociétés protectrices établies en Europe. Sans vouloir préjudicier la partie scientifique de cette question, Sa Majesté a été étonnée d'apprendre quelques-uns des abus auxquels cette vivisection paraît avoir donné lieu en France, et a assuré qu'une enquête allait s'ouvrir à ce sujet. La députation se composait de MM. le général sir John Scott Lillie; Gurney, membre du parlement; John Curling, et le révérend Thomas Jackson, recteur de la cathédrale de Londres, prédicateur qui prononça un sermon dans l'église de la rue d'Aguesseau, à Paris, contre la cruauté envers les animaux. La députation fut présentée à Napoléon III, par Son Excellence lord Cowley, ambassadeur d'Angleterre à Paris.

Cette association de Londres compte maintenant plus de six cents membres.

Elle a des agents qui veillent, autorisés
par la justice, à l'exécution des lois qu'elle
a provoquées et des préceptes qu'elle publie. Vigilante et équitable, elle récompense avec largesse, et fait punir avec sévé-
rité; elle a déjà obtenu plus de cinq mille
condamnations : la pénalité n'excède pas
quinze jours de prison et une amende de
50 fr. D'un autre côté, elle ne recule devant aucun sacrifice pour répandre des
livres élémentaires, destinés à former le
jugement et le cœur des enfants, et à rec-
tifier les idées des classes inférieures sur
l'usage qu'il convient de faire des animaux,
sans se permettre à leur égard des traitements cruels.

Partout de semblables moyens doivent
être employés, et Dieu veuille que partout
ils portent les mêmes fruits!

Sous les auspices de la grande société
anglaise, des sociétés ont pris naissance
dans quelques colonies de l'Angleterre, notamment à Toronto (Canada oriental) et à
Port-Louis (île Maurice).

V.

Sociétés protectrices des animaux à l'étranger
(suite).

Un homme éminent par son mérite et par ses écrits, le docteur Perner, fonda à Munich, en décembre 1841, la première association de ce genre sur le continent. Admirablement établie et dirigée, elle servit de modèle aux nombreuses associations qui s'organisèrent dans le nord de l'Europe, et plus tard à la Havane, à Bristol, à New-York, à Philadelphie et en Californie. Présidée par le prince Albert, frère du roi de Bavière, elle compte aujourd'hui plus de cinq mille membres, et a, pour principaux organes, différents journaux d'instruction populaire et les conférences des instituteurs. Les magistrats poursuivent et font punir tous ceux qui chargent trop les animaux et qui se permettent de les maltraiter de quelque autre manière.

L'Association des cochers de Munich a adhéré à cette Société qui fait représenter des pièces de théâtre dont le but est de détourner de toute cruauté, et qui font le meilleur effet sur les spectateurs et dans toute la population (1). Le prince Albert a

(1) Il est tout naturel que l'association des cochers de Munich, qui n'ont pas de scrupule pour le théâtre, cherche à utiliser ses représentations pour détourner de la cruauté envers les animaux; c'est un but certainement louable; mais tout en l'approuvant, nous ne nous sentirions pas libres d'y travailler par ce moyen, les théâtres nous paraissant contraires à l'esprit qui doit animer le chrétien; et tout en reconnaissant que de grands principes et des maximes morales, ont parfois retenti de dessus la scène, nous sommes profondément convaincus qu'elle a trop souvent servi à exalter les mauvaises passions et à répandre les maximes les plus sub-

délivré des médailles à des messagers, à des
voituriers qui soignent bien leurs chevaux;
et sa Majesté le roi de Bavière a remercié
solennellement la Société pour les écrits
qu'elle a répandus jusqu'à ce jour. La police bavaroise protége tous les animaux sans
exception, depuis le poisson jusqu'au plus
gros quadrupède, contre tout mauvais trai-
tement et toute cruauté. Une dame de dis-
tinction a composé une poésie charmante,
pleine de sentiment et de bons principes,
sur la Société de Munich. En voici quelques
pensées :

« Le plus bel ornement de l'homme,
» c'est la charité, ce noble enfant des-
» cendu du ciel, ce sentiment le plus pur et
» le plus glorieux, sentiment doux et bien-

versives de la morale et parfois du sentiment religieux pour
n'être pas condamnée par les chrétiens sérieux. La Société
des Amis ou Quakers a rendu un grand service aux diverses
églises chrétiennes en protestant contre la danse et contre les
représentations théâtrales, et en mettant dans tout son jour
leur incompatibilité avec l'esprit qui doit animer le disciple
de Jésus-Christ. (*Note des Editeurs.*)

» veillant qui embrasse tout autour de nous,
» comme l'amour de Dieu embrasse toute
» la création. Les gens bienveillants pren-
» nent soin des bêtes d'une manière géné-
» reuse. Il n'est pas permis à un chrétien
» de tourmenter les animaux. Faites en
» sorte que votre cœur apprenne tout ce
» qui est bon et grand. »

C'est là la grande tâche du foyer domestique et de l'école primaire.

VI.

Encore les sociétés protectrices des animaux à l'étranger.

La Société de Stettin, dans la Poméranie prussienne, a donné, à la fin de 1860 et au commencement de 1861, un exemple que nous sommes heureux de vous faire connaître, chers enfants, et que vous lirez, j'en suis sûr, avec un vif intérêt.

Vous devez vous rappeler qu'il a fait très-froid cet hiver-là ; la neige a été fort abondante et a couvert la terre pendant des semaines entières, en Allemagne comme en

France. Après avoir été foulée par les pieds
des passants, elle devint très-glissante, surtout lorsqu'un verglas vint la recouvrir à
plusieurs reprises. Eh bien, dans ces mo-
ments difficiles, la Société de Stettin a eu
soin de tenir prêts dans la ville, au bas des
rues escarpées, des chevaux de renfort, afin
d'aider les voitures lourdement chargées.

Cette digne Société fait aussi jeter du
grain sur les différentes places pour nourrir les oiseaux. Vous pensez bien, chers
enfants, que lorsque des hommes se con-
duisent ainsi à l'égard des bêtes et du
moindre volatile, il est impossible qu'ils
oublient leurs semblables qui ont faim et
froid, qui sont obligés d'aller à la forêt voisine chercher un fagot de bois mort, ou
qui doivent élever péniblement une famille.
On a dit que celui qui aime les animaux,
aime aussi les personnes, à moins que
l'orgueil et le luxe ne l'aveuglent, ne l'endur-
cissent et ne le rendent foncièrement égoïste.
Combien le riche qui en est arrivé là n'est-
il pas plus à plaindre que les pauvres hon-

nêtes qui vivent au jour le jour de leur travail quotidien, ou qui sont obligés d'avoir recours à leurs semblables par suite de maladie ou d'infirmité. Un cœur vraiment compatissant s'ouvre à toutes les misères.

Ailleurs, en Suisse, il a été rendu une ordonnance dans le canton du Tessin pour la protection des animaux. Le conseil de la ville de Berne a fait défense aux bouchers de tuer de petites bêtes sans leur avoir donné préalablement un coup sur la tête. A Lausanne, il a été fondé une société du genre de celles qui nous occupent.

En Italie, à Naples, trois cents personnes de toutes professions ont présenté au prince de Carignan une pétition demandant à être autorisées à former aussi une société qui protége les animaux. Une noble dame de Rome a annoncé l'intention de faire traduire à ses frais toutes les publications de la Société de Munich, et provoque partout la fondation de sociétés à l'instar de celle de cette ville.

On annonce qu'il se réunira à Hambourg, en 1862, un congrès des représentants de toutes les sociétés protectrices des animaux. Puisse cette réunion importante faire du bien par ses encouragements et ses œuvres !

A un congrès semblable réuni à Dresde les 30, 31 juillet, 1 et 2 août 1860, vingt et une sociétés furent représentées. La fondation de la Société de la capitale de la Saxe remonte au 9 août 1839.

VII.

Sociétés protectrices des animaux en France.
— Société de Lyon.

Il existe aussi en France quelques sociétés qui protégent les animaux contre la
brutalité de l'homme. Le 3 avril 1846, il
s'en est constitué une à Paris, avec l'autori-
sation du gouvernement; elle fut inaugurée
le 8 mai, en présence de deux cents membres; aujourd'hui elle en compte six cents.

Les hommes les plus honorables, propriétaires, entrepreneurs, agriculteurs, en font partie. Pour encourager la douceur et la compassion envers les animaux, elle décerne, ainsi que celles de Bordeaux et de Lyon, dont il sera bientôt parlé, des récompenses et des médailles aux cochers, palefreniers, charretiers, maréchaux, bouchers, conducteurs de bestiaux, garçons et servantes de ferme, à toute personne enfin qui a fait preuve à un haut degré de bienveillance, de compassion, de soins assidus et intelligents à l'égard des animaux.

Elle accorde également des médailles et des primes aux inventeurs d'appareils destinés à diminuer les souffrances du bétail qu'on fait travailler, aux auteurs de publications ou mémoires utiles au développement de son œuvre, et aux agents de la force publique qui ont montré du zèle dans l'exécution des lois et règlements pour réprimer les sévices envers les animaux.

Chaque année, la Société, sous le patronage de Son Excellence le ministre de l'agriculture, du commerce et des travaux publics, tient, dans les derniers jours de mai, une séance solennelle et publique pour distribuer des récompenses. Les propositions de candidats doivent être faites à la Société, avec les pièces justificatives avant le 20 avril, et les demandes être adressées à M. le vicomte de Valmer, président, au siége de la Société, rue de Lille, 19, à Paris. Elle publie un bulletin mensuel qui a pour devise :

« JUSTICE. — COMPASSION. — HYGIÈNE. — MORALE. »

Un décret du 22 décembre 1860 a reconnu cette Société comme établissement d'utilité publique. M. de Valmer est membre honoraire de toutes les sociétés mentionnées ici et d'autres encore.

Si nous donnons ces détails, c'est dans le double but de montrer l'importance de ces sociétés et d'engager à s'adresser à elles au besoin. Quand on veut faire obtenir quelque récompense, il faut fournir un certificat de bonne vie et mœurs, émanant

de l'autorité administrative, et une demande exposant les droits du candidat, et
portant la signature légalisée de deux personnes notables.

Il serait à souhaiter, chers enfants,
que quelqu'un de vos parents ou l'un
d'entre vous ci-après vous fussiez du nombre de ceux que la Société eût à récom-
penser, ou qu'il vous fût possible de recommander à cette Société ou à une autre,
quelque berger, quelque domestique qui
se soit fait remarquer par son humanité
constante pendant de longues années. Le
gouvernement alloue à la Société de Paris,
chaque année, une subvention de 1500 fr.
Jusqu'ici trois cent soixante-six personnes
ont obtenu des récompenses décernées
par le conseil d'administration formé en
jury, composé de quarante-cinq membres.

La Société de Lyon travaille dans le
même sens que toutes celles que nous
avons mentionnées. C'est elle qui a provoqué
la composition du présent écrit, en offrant
une médaille à l'auteur de l'ouvrage ou du

traité le plus propre à disposer les enfants aux bons traitements envers les animaux. A peine ai-je eu connaissance de ce concours dont l'annonce m'est tombée sous les yeux providentiellement, que je me suis senti pressé de traiter le sujet proposé, parce que j'aime les enfants, j'aime les écoles et je déteste la cruauté. Je la déteste non-seulement à l'égard de mes semblables et des animaux domestiques, mais encore à l'égard des animaux sauvages et de tout être vivant, quelles que soient sa taille, sa destination ou son utilité apparente, visible ou cachée.

Si ces pages contribuent à rendre doux et humains ceux qui les liront, l'auteur en éprouvera non de l'orgueil, mais de la joie et du contentement intérieur, et il aura à remercier Dieu, comme il l'a déjà fait, de l'avoir dirigé et soutenu dans ce modeste travail qui pourra contribuer à l'adoucissement et à la réforme des mœurs.

Tout est entre les mains de Dieu.

VIII.

Principes. — Combats d'animaux. — Combats de coqs.

Prévenir les mauvais traitements envers les animaux, c'est travailler à l'amélioration morale des hommes et à l'amélioration physique des bêtes dont nous nous

servons. La douceur, la pitié à leur
égard importent plus qu'on ne pense à
l'humanité, car l'homme dur et cruel envers les animaux le sera pour les êtres
confiés à son autorité et à sa protection.
L'homme qui maltraite un animal, se
rend coupable aux yeux de la loi dont il
sera fait mention dans le paragraphe suivant, et doit subir la peine de sa cruauté.
La loi et la police, en rendant les actes de
barbarie plus rares, amélioreront les
mœurs, et feront disparaître peu à peu
les spectacles révoltants qui familiarisent
les yeux et le cœur avec l'effusion du sang,
et font germer des habitudes de férocité
qui influent plus tard sur la conduite pri-
vée et publique. Tout se tient, tout se lie
dans notre nature si flexible et si mobile.
L'homme qui dans son enfance, s'amuse
à tourmenter les animaux, à les frapper
avec violence, par colère ou mauvaise humeur, se prépare à devenir un jour un
grand criminel. L'imitation modifie l'âme
au point de la plier à des habitudes qui

la défigurent ou qui l'embellissent, selon
la nature de ces habitudes.

Autant les combats d'animaux étaient
communs, il y a quarante ans, autant ils
sont rares aujourd'hui. La police a mis ordre, jusqu'à un certain point, à ce genre
de spectacle, indigne véritablement de créatures sensibles et intelligentes. Une seule
fois dans ma vie, j'ai été témoin d'une scène
de cette espèce. D'énormes dogues, au nez
fendu, se jetaient avec fureur sur un tau-
reau de moyenne taille, auquel on avait
passé une corde dans les pieds de derrière
pour l'arrêter au besoin, et qu'on excitait
en lui présentant un drapeau rouge. Les
chiens déchiraient à belles dents le pauvre
ruminant dont une corne s'était brisée
contre terre, et qui faisait entendre d'horribles mugissements. Ou bien ils attaquaient
un ours brun d'Europe muselé, qui pous-
sait des hurlements affreux et se débattait
de toutes ses forces au milieu des cris de
celui qui le tenait à la chaîne. Les Espa-
gnols sont encore très-avides de ces amu-

sements féroces, comme le prouve la foule
des amateurs qui y accourent sans distinc-
tion de rangs. Sous le règne de Ferdi-
nand VII, il y avait à Séville une école
royale de *tauromachie* ou combats de taureaux. Mais aujourd'hui des voix géné-
reuses commencent, même dans la Pénin-
sule, à protester contre ces barbaries. Des
dames se sont constituées à Madrid en Société protectrice des animaux, dont le but
principal est l'abolition de ces combats de
taureaux. De son côté, la chambre des pairs
du Portugal vient d'approuver un projet
de loi tendant au même but.

La police interdit également ces jeux
absurdes où un homme, armé d'un sabre
et les yeux bandés, cherche à s'avancer
vers un coq pour lui couper le cou. S'il
vient à le blesser, il le fait cruellement
souffrir, et tous les assistants de rire aux
éclats! Le préfet de la Loire-Inférieure et
celui du Rhône ont fait interdire dans toutes les communes de leur département le
jeu dit *à l'oie*, comme les préfets d'Ille-et-

Vilaine et du Nord ont fait cesser dans leurs circonscriptions administratives les combats de coqs.

L'Angleterre a encore dans ses mœurs nationales le combat de ces vaillants *galli-nacées*, combat qui dégénère en cruauté abominable par les éperons de fer tranchants et piquants qui recouvrent leurs ergots, de manière à amener une lutte sanglante, sur paris ouverts, selon la mode anglaise. Bientôt les crêtes sont entamées et pendantes ; on dirait que le sang qui s'en échappe anime les champions et excite les spectateurs : l'arène ne tarde pas à ressembler à un abattoir où éclatent d'absurdes applaudissements.

Ce genre de spectacle est abominable, aussi faisons-nous des vœux pour que le peuple anglais y renonce sans retard.

Nous comprenons qu'en France on ait déjà, en vendémiaire an XII de la république (ou septembre 1803), proposé pour sujet d'un prix cette question : « Jusqu'à quel point les traitements barbares exercés

sur les animaux intéressent-ils la morale
publique, et conviendrait-il de faire des lois
à cet égard. »

Celui qui s'habitue à voir couler le sang,
Ne peut longtemps garder un cœur pur, innocent.

IX.

Nos lois et nos règlements.

Le législation française est venue mettre
un terme à des abus aussi contraires à la
morale qu'à nos besoins matériels. Elle
s'est occupée des animaux au point de vue
de la propriété. La nourriture et le vête-
ment, qui forment la base de l'aisance pu-

blique , l'industrie et le commerce qui donnent le travail, tirent des animaux leurs principales ressources. La loi garde le silence sur la part de justice et de pitié qui est due aux animaux. Le législateur a sans doute pensé que l'intervention de la loi n'était pas nécessaire pour rappeler à l'homme que les bêtes lui ont été confiées par le Créateur pour en être le maître et non le tyran.

Il existe en France des règlements et ordonnances propres à prévenir les souffrances qu'éprouvent les animaux sur les charrettes de transport, dans les abattoirs, les clos d'équarrissage, les boucheries, les marchés , partout enfin où l'action de l'autorité peut être utile.

Le *Bulletin des lois*, nº 2261 , renferme les dispositions suivantes :

 « Seront punis d'une amende de 5 à 15
 » francs, et pourront l'être d'un à cinq
 » jours de prison , ceux qui auront exercé
 » publiquement et abusivement de mauvais
 » traitements envers les animaux domesti-

» ques. La peine de la prison sera appli-
» quée en cas de récidive. » (Loi du 2 juillet 1850).

Les articles 479 et 480 du Code pénal
portent :

« Seront punis d'une amende de 11 à
» 15 francs ceux qui auront occasionné
» la mort ou la blessure des animaux ou
» bestiaux appartenant à autrui. — Pourra,
» selon les circonstances, être prononcée
» la peine d'emprisonnement pendant cinq
» jours et plus contre ceux qui auront oc-
» casionné la mort ou la blessure des ani-
» maux ou bestiaux appartenant à au-
» trui. »

C'est en présence des faits les plus con-
cluants, des actes de la plus révoltante brutalité qu'une loi sur la matière est devenue
indispensable, pour faire cesser les mauvais
traitements exercés envers les animaux domestiques. Cette loi, proposée en 1840, n'a
été prise en sérieuse considération que
dix ans plus tard ; on l'appelle *loi-Grammont*, parce que c'est le général de ce

nom qui a soumis la proposition et présenté
le rapport de la commission chargée de
l'examiner et de la soutenir. Malheureusement chez certains individus, quand la loi
répressive n'a pas parlé, la loi naturelle
n'a pas d'empire contre les mauvais pen-
chants.

Maintenant, chers enfants, que nous vous
avons rappelé tout ce qui régit cette matière,
jugez combien il serait honteux pour vous,
si vous veniez à être atteints par la loi, à
la suite de quelque acte répréhensible du
genre de ceux qui nous occupent. Pour
vous fortifier dans toute bonne disposition
à cet égard, pour vous préserver de toute
désapprobation de votre conscience, nous
voulons maintenant passer à quelques récits qui ne contribueront pas moins à vous
instruire sur vos obligations à l'égard des
animaux, que tout ce que vous avez lu
jusqu'ici. Puissent ces pages atteindre ce
bon but, et que votre conduite prouve que
vous ne les avez pas lues en vain ! N'ou-
bliez jamais les devoirs de compassion.

Combien de nos compatriotes les ont oubliés en 1853! La statistique officielle constate que, dans cette année, il a été jugé en France 782 contraventions à la loi-Grammont, dont 13 par les tribunaux correctionnels et 769 par les tribunaux de simple police.

X.

Le jeune cheval ; son portrait.

Je visite très-souvent les communes de mon voisinage, distantes d'environ 2 kilomètres de celle que j'habite avec ma famille.

Un jour, nous prolongeâmes notre pérégrination, et arrivés au village suivant, nous rencontrâmes un cultivateur en sabots qui conduisait un jeune cheval bai brun fort joli et très-vif, qui dressait les oreilles, avait une magnifique crinière, marchait fièrement, avait les jarrets souples et le poitrail plein et nerveux. Il frémissait d'impatience et cherchait à s'échapper.

Voyez ce fier coursier, noble ami de son maître,
Son compagnon guerrier, son serviteur champêtre,

Le traînant dans un char ou s'élançant sous lui.
Dès qu'a sonné l'airain, dès que le fer a lui,
Il s'éveille, il s'anime, et, redressant la tête,
Provoque à la mêlée, insulte à la tempête;
De ses naseaux brûlants il souffle la terreur;
Il bondit d'allégresse, il frémit de fureur;
Puis revient dans nos champs, oubliant les exploits,
Reprendre un air plus calme et de plus doux emplois.

La vue de ce jeune cheval me rappela aussi les belles pages que le naturaliste Buffon a écrites sur cet élégant *pachyderme solipède*, c'est-à-dire à un seul sabot à chaque pied. « La plus noble conquête
» que l'homme ait faite, dit-il, est celle de
» ce fier et fougueux animal qui partage avec
» lui les fatigues de la guerre et la gloire
» des combats. Aussi intrépide que son
» maître, le cheval voit le péril et l'af-
» fronte; il se fait au bruit des armes; il
» l'aime, il le cherche, il s'anime de la
» même ardeur; il partage aussi ses plai-
» sirs à la chasse, aux tournois, à la course;
» il brille, il étincelle; mais docile autant
» que courageux, il ne se laisse point
» emporter à son feu; il sait réprimer ses

» mouvements ; non-seulement il fléchit

» sous la main de celui qui le guide ,

» mais il semble consulter ses désirs ; et
» obéissant toujours aux impressions qu'il
» en reçoit, il se précipite, se modère ou
» s'arrête, et n'agit que pour y satisfaire :
» c'est une créature qui renonce à son être
» pour n'exister que par la volonté d'un
» autre, qui sait même la prévenir, qui,
» par la promptitude et la prévision de ses
» mouvements, l'exprime et l'exécute. »

Dans un bel ouvrage intitulé *le Règne
animal*, Georges Cuvier, né à Montbéliard
le 23 août 1769, mort à Paris le 13 mai
1832, s'exprime ainsi :

« Noble compagnon de l'homme à la
» chasse, à la guerre et dans les travaux
» de l'agriculture, des arts et du commerce,
» le cheval est le plus important et le mieux
» soigné des animaux que nous avons sou-
» mis. Aucun animal ne paraît avoir au-
» tant gagné sous les soins de l'homme que
» le cheval. Sa belle conformation, sa force,
» la promptitude de ses mouvements, son
» courage, sa hardiesse, la finesse de ses
» sens, sa mémoire et son instinct des

» lieux, son intelligence, sa soumission,
» sa fidélité et son attachement à son maî-
» tre le rendent bien supérieur à tous les
» autres animaux. Il a les qualités les plus
» attachantes. »

L'un des livres de la Bible, celui de Job,
au 39ᵉ chapitre, dit en parlant de cheval :
*Il ne se peut contenir dès que la trompette
sonne ; il hennit, il sent de loin la guerre,
le bruit des capitaines et le cri de triomphe.*

Ces descriptions et ce portrait m'avaient
été remis en mémoire à la vue du jeune
cheval que nous avions rencontré. Une
demi-heure après, revenant sur nos pas,
nous entendîmes dans le voisinage de la
route un grand bruit qui nous attira comme
involontairement, ne sachant de quoi il
s'agissait, et pensant pouvoir être utile
dans cette circontance, pour calmer les es-
prits. Quelle surprise, lorsque j'aperçus
trois hommes acharnés à frapper ce jeune
cheval qui avait fait notre admiration ! On
l'avait conduit au maréchal ferrant qui,
l'ayant attaché à la fenêtre de sa forge,

l'effraya tout d'abord par ce manque de précaution. Au lieu de flatter le bel animal, c'était à qui le brutaliserait ; au lieu de l'attacher à la boucle du coin et de lui bander les yeux, on voulait le forcer absolument de ne pas bouger pendant le ferrage. Voyant que les moyens employés ne convenaient pas, et pouvaient occasionner quelque accident, je me permis de faire des observations et de donner des conseils. Mais tout fut inutile. On continua les mêmes procédés qui, à la fin, m'indignèrent à tel point que je tournai le dos à ces gens imprudents et durs qui manquaient de cervelle autant que de pitié.

J'avais à peine fait dix pas que j'entendis une chute qui me fit retourner brusquement. Que vis-je alors ? Le pauvre cheval était étendu par terre. Je courus et reconnus le maître, encore armé d'un long bâton dont il venait de porter un coup sur la tête de sa propriété vivante. Tous les spectateurs étaient consternés, et l'animal ne remuant plus, son maître coupable se mit à crier du haut de son gosier, persuadé qu'il avait assommé la bête.

— Quelle perte! disait-il ; courez chercher du vinaigre, un baquet d'eau, une bouteille de vin, de la térébenthine pour le ramener à la vie !....

Au même instant il m'aperçut. — Oh ! monsieur, si je vous avais écouté ! s'écriat-il.

— Eh bien, mon ami, lui dis-je, qui avait raison de nous deux?..... Enfin, maintenant que le mal est fait, donnez à votre cheval tous les soins nécessaires.

Après lui avoir fait respirer du vinaigre, lui en avoir lavé les naseaux, la pauvre bête donna quelques signes de vie; et, peu après, on put la remettre sur ses jambes. Combien le propriétaire éprouvait de regrets de s'être ainsi conduit!

—C'est mal fait, disait-il; c'est être plus bête et plus brute que la bête elle-même !

Et j'ajoutai : — C'est se dégrader que de se livrer à de pareils actes.

Bientôt je quittai cette scène pénible,

me promettant de prendre des informations
sur le sort de ce charmant animal. Au bout
de quinze jours, j'appris que le propriétaire avait été sur le point de le perdre,
et que depuis le jour du ferrage, il n'avait
cessé d'être visité par le vétérinaire, qui
blâma énergiquement la conduite du maître
et qui donna tous ses soins au pauvre
maltraité.

Lorsqu'on commet un acte dégradant, on
peut s'attendre à avoir à en souffrir de
toutes les manières, dans sa conscience,
dans sa bourse, dans sa considération auprès de ses semblables. La brutalité ne
peut amener que des résultats fâcheux et
désastreux. Le jeune cheval finit par périr
des coups qu'il avait reçus sur la tête et
dans le ventre, de la main et du pied même
de son maître. La colère de l'homme n'ac-
complit jamais la volonté de Dieu.

Jamais la cruauté n'amende un animal.
Le mal, ô mes enfants! ne produit que le mal.

Soyons bons envers les animaux.

XI.

Barbarie d'un domestique. — Punition.

Je venais de visiter une famille dans la
commune de Trab, lorsque j'aperçus près
de la route un poulain de bonne race, qu'on
paraissait panser avec beaucoup de précaution. Quelle ne fut pas ma surprise, lors-

que, m'approchant, je vis que le pauvre
animal était percé de plusieurs trous dans
les jambes, sur les cuisses et près du ventre. Vraiment, j'en eus pitié, et au même
instant j'éprouvai un sentiment d'indignation profonde, lorsque j'appris qu'un garçon d'écurie s'était rendu coupable de cet
acte de cruauté, en portant à l'animal plusieurs coups d'un trident à longues pointes
bien affilées.

Pourquoi s'était-il porté à un pareil acte?
On se perdait en conjectures; personne
n'en savait rien, et n'a pu le savoir plus
tard; c'est encore une énigme. Si le maître
avait eu, le matin ou la veille de l'événement, à reprendre la conduite du domestique, s'il s'était trouvé dans la nécessité de
le prévenir que son service ne lui convenait plus, ou s'il avait dû le gronder, le
réprimander pour paresse ou négligence,
on aurait encore pu concevoir que la colère
l'eût porté à commettre ce crime. Mais rien
de semblable n'avait eu lieu. A peine le jour
avait-il commencé à poindre, qu'il s'était

rendu dans l'écurie, et avait commis cette mauvaise action, à la suite de laquelle il disparut.

Le maître, à son lever, visita comme de coutume son bétail, et quel bouleversement n'éprouva-t-il pas, lorsqu'il vit son *Bijou* couvert de blessures qui laissaient échapper un sang abondant! Il appelle, il demande le domestique. Point. Il s'informe; personne ne l'a vu; on ne sait où il a passé.

Le maître, dans son indignation, porta plainte immédiatement, et après une enquête sévère, un jugement par contumace fut rendu contre ce malfaiteur qui avait porté un si grave préjudice à son maître. Malgré tous les soins donnés à ce poulain de prix, il fallut le voir périr dans de cruelles souffrances. Après une mauvaise action, la conscience que Dieu a placée dans notre homme intérieur, nous poursuit jusqu'à nous faire fuir le regard de nos semblables, et c'est ce qui arriva à ce misérable domestique. Le cœur de l'homme est désespérément malin, dit l'Ecriture sainte ;

l'homme est méchant de son naturel : ce
fait le prouve jusqu'à l'évidence. Malheur
à celui qui a été privé de bonnes direc-
tions dès son enfance !

Un méchant, tôt ou tard, est puni par le ciel.

XII.

Le cabri.

Un vieillard disait un jour à ses enfants :

Il m'est resté dans la mémoire et sur le cœur un fait que je veux vous raconter pour vous prouver combien il faut respecter le jeune âge et prendre garde de lui fausser la conscience.

J'avais à peine quinze ans, qu'un beau matin on me fit faire une chose qui m'indigne encore quand j'y pense. On avait apporté à la maison où je restais pour quelque temps, un chevreau noir et blanc

2.

dont le bêlement plaintif indiquait le regret d'avoir été séparé de sa mère. La pauvre bête allait subir son sort; les cornes ne devaient pas lui croître et il ne devait pas ruminer. Mais qui aurait le courage de lui ôter la vie? Hélas! c'était moi qui, sur l'ordre d'une voix impérative, devais être le bourreau de ce gentil cabri que j'ai encore devant les yeux..... Ce mot sonne encore à mon oreille : « Courage! courage! » On m'avait ordonné de l'assommer contre une pierre. Comme le pauvre animal remuait, se tordait après avoir été frappé, le courage me manqua, et je le lâchai demi mort. En me sauvant, je manifestai mon mécontentement, et, dès ce jour, je fus persuadé que la personne qui m'avait mis à l'œuvre, avait un cœur dur. Depuis, ayant raisonné sur ce fait, je reconnus qu'elle n'avait point eu de respect pour mon âge, pour ma conscience et ma répugnance. Ce n'est pas moi qui suis responsable des souffrances que j'ai infligées à la pauvre bête; c'est la personne qui m'avait choisi, contre ma volonté, pour faire l'office de boucher. Je frémis d'horreur en songeant à ce fait déshonorant pour celui qui avait commandé impérativement et qui fut le coupable dans cette affaire. Du reste, peut-être que ma maladresse et mon inexpérience l'avaient mal servi : il s'était imaginé sans doute que la mort de l'animal allait avoir lieu au premier coup. On peut l'excuser ainsi jusqu'à un certain point, et nous l'excusons volontiers par charité chrétienne. Il est des circonstances où la réflexion nous fait défaut.

XIII.

Trait de cruauté de la part d'un enfant. — Le chien; sa fidélité; son portrait.

Une bonne maman élevait deux charmants petits chiens que caressaient avec
sollicitude toutes les personnes de la maison. Sa petite fille, âgée de sept ans, les
peignait chaque jour , et les promenait

dans le voisinage. Un jour, comme elle était assise à la fraîcheur, les tenant dans un panier garni de foin, il vint se placer à ses côtés deux jeunes enfants de la rue, qui se mirent à flatter à qui mieux mieux les gentils jumeaux. L'un de ces gamins qui traînait une petite voiture, prétendit qu'on pourrait les atteler et leur faire conduire l'équipage. Mais comment s'y prendre ? Une pensée vraiment satanique monta à l'esprit de l'un d'eux, qui, ayant couru à la maison, rapporta une grosse aiguille à raccommoder les bas, dans laquelle il avait passé un bout de ficelle.

— Que vas-tu faire ? lui dit la petite fille, qui voulait se sauver avec ses chiens.

— Sois tranquille, je vais les mettre ensemble, comme j'en ai vu ce matin se rendant à la chasse avec leur maître ; ensuite nous les attacherons à la flèche de ma petite voiture.

Au même instant, il saisit une oreille de chacune de ces pauvres bêtes, les rapprocha et y passa l'aiguille avec précipitation.

Jugez quels cris à la suite de l'action de cet insensé! La fillette pleurait à chaudes larmes, les chiens couraient en criant, retenus par cette ficelle qui les empêchait de se séparer, tandis que l'autre enfant grondait son camarade, lui reprochant d'avoir un mauvais cœur. Enfin, tout ce tapage attira quelques personnes qui firent comprendre à ces enfants que Dieu n'a pas créé les animaux pour que nous les tourmentions et les fassions souffrir, mais pour notre usage, notre utilité ou notre agrément.

L'espèce canine a une intelligence admirable : on croirait qu'elle possède un instinct de plus que les autres, celui d'un attachement aveugle pour l'homme.

Le chien est l'ami et le surveillant de nos maisons; sa domesticité est une conséquence de sa sociabilité, comme l'a prouvé, pour plusieurs espèces d'animaux, le naturaliste F. Cuvier, qui nous est connu par les premières pages de ce petit livre. Vous savez que le chien a été appelé le compagnon de l'homme ; il est le fidèle gardien des troupeaux et des habitations autour desquelles il fait la ronde, comme le danois de mon voisin. Dès lors celui qui se permet de le frapper brutalement, de le tourmenter, de le laisser avoir faim, se déshonore en agissant ainsi à l'égard de son compagnon, qui veille à sa sûreté, l'aide et le défend, lui obéit, comprend tous les signes de sa volonté et lui reste fidèle jusqu'à la mort par reconnaissance et véritable amitié. Buffon a écrit son histoire. « C'est le seul animal qui ait suivi l'homme par toute la terre, » dit G. Cuvier, dans son *règne animal*. Nos soldats en ont ramené d'Afrique, de Crimée et de Chine.

Qu'il aperçoive l'homme, il rentre sous ses lois ;
Et par un vieil instinct qui jamais ne s'efface,
Semble de ses amis reconnaître la trace.
J'ordonne, il vient à moi ; je menace, il me fuit ;
Je l'appelle, il revient ; je fais signe, il me suit ;
Je m'éloigne, quels pleurs ! je reviens, quelle joie !
Sévère dans la ferme, humain dans la cité,
Il soigne le malheur, conduit la cécité.
Est-il hôte plus sûr, ami plus généreux ?

Il me guide la nuit, m'accompagne le jour.
Dans la foule étonnée, on l'a vu reconnaître,
Saisir et dénoncer l'assassin de son maître;
Et quand son amitié n'a pu le secourir,
Quelquefois sur sa tombe il s'obstine à mourir.

Ce portrait vous attachera encore à ce noble animal, et vous fera blâmer ouvertement ceux qui pourront se permettre de lui faire quelque mal, de le maltraiter sans raison.

La malice est une mauvaise racine : n'imitez jamais le méchant petit garçon dont je viens de vous parler.

XIV.

Le nid d'oiseaux.

On raconte que des bergers, au lieu d'avoir soin de leurs moutons, s'étaient rendus dans la forêt voisine, et avaient pris un nid de petits oiseaux qui commençaient à sentir leurs forces. Ils étaient charmants à voir, de couleurs variées et très-gracieux dans leurs formes. Que n'aurait pas donné un écolier de Lyon pour les nourrir en cage, pour les entendre gazouiller? Nos jeunes bergers les trouvaient magnifiques,

et s'en amusaient admirablement. Mais
l'un deux s'étant aperçu que les pauvres
oiseaux n'avaient pas encore de plumes sous
les ailes et sous le ventre, il lui vint une
abominable pensée, celle de les voir entiè-
rement nus. Alors il se mit à leur arracher
les plumes, malgré les cris que provoquait
cette cruelle opération. L'un de ses camarades en fit autant, tandis qu'un troisième
blâmait une pareille conduite. Comme ces
méchants se livraient à cet acte barbare,
arriva une petite fille. Elle se prit à pleu-
rer en voyant ce spectacle qui l'indignait
fortement et qui finit par amener une que-
relle entre ces enfants qui se voyaient
chaque jour. Les uns disaient qu'il était
de leur devoir d'en informer le maître
d'école qui ne manquerait pas de punir
ceux d'entre eux dont le cœur se montrait
si mauvais, tandis que les autres préten-
daient qu'ils avaient le droit d'agir comme
ils l'avaient fait puisque ces oiseaux leur
appartenaient.

— Oui, ils vous appartiennent, criait la

petite fille, mais Dieu vous défend de leur faire du mal, de les faire souffrir!

Sur ces entrefaites, vint à passer un homme qui les tança fortement, leur disant qu'ils feraient beaucoup mieux de garder leurs moutons et leurs chèvres qui allaient au dommage. En effet, ils le reconnurent, mais trop tard; le garde champêtre venait de saisir une de leurs bêtes, et la conduisait au village. Les cris, les pleurs ne purent le toucher, et il déclara qu'il allait rédiger procès-verbal, d'autant plus que ces vilains enfants avaient abandonné leur petit troupeau pour aller prendre des nids, chose défendue par les règlements de police, et qu'ils s'étaient montrés cruels en arrachant toutes les plumes, petites et grosses, à de pauvres oiseaux vivants.

Cette punition méritée fut une bonne leçon pour ceux qu'elle atteignit, et leurs parents s'empressèrent de les corriger pour qu'ils ne retombassent plus dans une pareille faute, et s'abstinssent à l'avenir de tout acte de cruauté, de tout méfait envers les animaux.

Châtie ton enfant pendant qu'il y a de l'espérance. Celui qui épargne sa verge, hait son fils ; mais celui qui l'aime, se hâte de le châtier (Prov. XIII, 24 ; XIX, 18). Qui aime bien, châtie bien.

XV.

Le pensionnat ou le canari.

Deux sœurs, liées de la plus tendre affection, étaient sur le point de se dire un adieu larmoyant, lorsque la cadette regarda son aînée le sourire sur les lèvres :

— Je te confie, dit elle, mon petit trésor, mon serin africain, pendant que je serai au pensionnat; il m'est si attaché ! prends-en soin et continue à lui jouer sur la serinette *Partant pour la Syrie*; ne néglige point son éducation : si je savais qu'il eût faim ou soif une seule minute, j'en pleurerais toute une nuit.

A peine arrivée à sa destination, au chef-lieu du Bas-Rhin, elle s'empressa d'écrire à ses parents et de recommander à sa chère sœur le musicien de la chambre,

3

qui , dans chaque lettre échangée , avait
une bonne petite place. Tantôt elle disait
qu'il fallait lui donner du plantain , de
la laitue , un peu de sucre , de l'échaudé
sec , du biscuit , de la pomme , et se
bien garder de mettre dans sa cage du
mouron rouge ; tantôt, qu'il fallait renou-
veler souvent son eau, vu la chaleur du
soleil , le nettoyer toutes les semaines ,
avoir soin de lui parler , de s'entretenir
avec lui , puisque chaque fois qu'on lui
adressait la parole, il s'empressait de répondre : « *Tui tui,* » ce qui peut-être veut
dire *oui oui*, dans le langage des habitants
des îles Canaries.....

Or savez-vous , chers enfants , ce que
tout cela prouve dans sa simplicité ; ce que
prouve cette persévérance à s'occuper de
ce petit oiseau charmant par sa vivacité ,
sa huppe, ses formes et son chant ? Cela
annonce un bon cœur, capable d'attachement et de sensibilité. Aussi cette jeune
fille est-elle aimée de tous ceux qui la con-
naissent , et elle aime avec affection ses

parents et toutes les personnes qui l'entourent. Vous voyez ce que peut nous révéler
un charmant canari, jaune jonquille,
panaché de noirâtre, qui quelquefois
tombait d'épilepsie, et par conséquent ré-
clamait les plus grands soins. Le négliger
eût été faire une chose très-mauvaise et
blâmable ; c'eût été manquer à des obligations positives. Ne négligeons rien dans la
vie, pas même les devoirs en apparence
les plus insignifiants.

XVI.

Le chardonneret : son portrait.

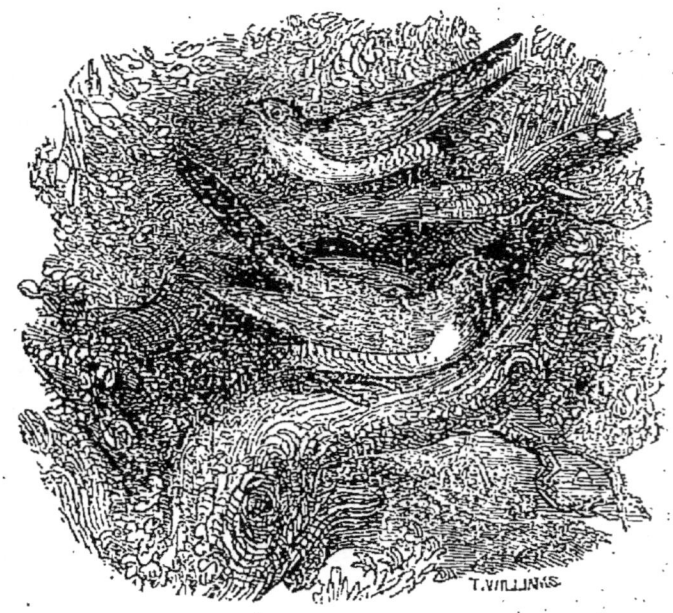

— Je me suis bien promis de ne plus jamais garder d'oiseau, disait un vieux monsieur avec humeur, depuis qu'il m'est arrivé de trouver mort au fond de sa cage , un pauvre chardonneret que j'ai laissé périr de faim par oubli. Comme il était beau ! comme ses couleurs étaient vives ! rouge cramoisi , noir velouté, blanc, jaune doré, avec des teintes plus douces ou plus sombres , comme les pennes de la queue. Que sa voix était agréable ! comme il était intelligent , et comme il savait faire monter le petit seau pour y boire !

Tout prouve que le regret de ce bon monsieur était sincère : il se reprochait cette coupable négligence , disant qu'il méritait pour punition d'en éprouver du remords. Pour se consoler de son chagrin, il voulut conserver le pauvre oiseau et le fit empailler , ordonnant d'inscrire sur le pied : *Une victime de la négligence de l'homme.* Alors toutes les personnes qui venaient le voir, l'interrogeaient sur cette inscription, qui n'avait pourtant rien de hiéroglyphique , et recevaient une leçon qui a pu être utile à plus d'une d'entre elles.

Quiconque veut garder des animaux, doit

les soigner, leur donner ce qui leur est
nécessaire, ou bien il montre qu'il n'a
pas de cœur. Si Mme Daubenton, épouse
du célèbre naturaliste de ce nom, mort en
1800, qui fut l'ami de Buffon, et dont
G. Cuvier, son successeur, prononça l'éloge
en présence de l'empereur Napoléon Ier, si
cette femme distinguée par ses vertus
avait connu ce fait, elle en aurait pleuré,
elle qui se plaisait à élever des nichées de
chardonnerets, et qui les soignait comme
de petits enfants, avec la plus grande sollicitude.

Le cœur tendre se retrouve partout ;
partout il se montre sans équivoque.

XVII.

L'inondation ou les pigeons.

Vous devez vous rappeler, mes chers enfants, que le 1ᵉʳ janvier 1861 a été marqué, en diverses parties de la France, par de fortes inondations provenant de la fonte des neiges, et qui firent craindre un instant le retour des débordements de 1852, dont le souvenir est inscrit dans bien des maisons par des marques et des remarques particulières.

La demeure d'un propriétaire était devenue une presqu'île. C'était un spectacle peu agréable de voir 1 mètre 20 centim. d'eau glacée qui couvrait les plantations, remplissait de sable les carrés et en entraînait une partie dans les champs voisins à travers la clôture. Au milieu de cette eau jaunâtre, se trouvait un colombier qu'il était devenu impossible d'aborder, et que la veille on avait fermé comme de coutume, vu qu'on ne s'attendait pas à une crue aussi subite. Cependant il fallait ouvrir la volière : les pigeons ayant besoin de manger, on les entendait becqueter à la fenêtre du glissoire, comme pour appeler les personnes qu'ils apercevaient de temps en temps. Affligé de ne pouvoir porter remède à cet état de choses, le propriétaire plaignait ses pauvres pigeons qui avaient faim, et qui ne pouvaient descendre dans l'intérieur de leur maisonnette sans se noyer. Il avait beau s'ingénier pour trouver quelque. moyen de porter secours à ces pauvres bê-

tes, il ne pouvait rien imaginer, lorsqu'un
visiteur vint le tirer d'embarras. C'était l'ami
Tolrom qui venait souhaiter la bonne année
à toute la maison, certain à l'avance d'être
le bienvenu.

—Comment, lui dit le propriétaire, pour-
rait-on aller ouvrir à ces pauvres prison-
niers qui crient de faim ?

Sans répondre, notre Tolrom regarde,
escalade le mur d'enceinte, comme l'aurait
fait un zouave d'Italie, s'avance à l'extrémité, puis saute et grimpe sur le faîte du
colombier. Il était temps, car les pigeons
auraient bientôt éprouvé, pour la plupart,
le sort de l'un d'eux qui était tombé dans
l'intérieur et s'était noyé. Vous savez que
les *gallinacées*, comme les poules, les pigeons, ne peuvent nager, différant en cela
des *palmipèdes*, dont les pattes ont des
membranes, comme les canards.

Croyez-vous, mes petits lecteurs, que ce
n'était pas un devoir de chercher à mettre
en liberté ces pauvres pigeons qui manquaient de nourriture? Le propriétaire pou-

vait supporter facilement la perte de tout son colombier ; il pouvait le repeupler en quelques jours sans frais, par les cadeaux de ses amis ; aussi n'était-ce pas là le mobile de son inquiétude ; mais c'était un sentiment sincère et profond de pitié, de compassion, un sentiment de devoir qui le faisait agir. Aussi manifesta-t-il sa reconnaissance empressée à l'ami Tolrom, en lui doublant son nouvel an et en le remerciant de cette bonne action qui marquait les premières heures de cette nouvelle année que Dieu leur faisait la grâce de commencer.

Le récit qu'on vient d'avoir sous les yeux, amène cette question : celui qui a souci de quelques volatiles, négligera-t-il les siens ou ceux qui l'entourent ? ne songera-t-il pas à les soulager, à pourvoir à leurs besoins ? J'ose croire que cela ne fait aucun doute pour vous, qui venez de parcourir ces pages où tous les récits sont vrais comme les suivants.

Sois bon pour l'animal, soulage ses misères ;
Mais, avant tout, sois bon pour les hommes, tes frères.

XVIII.

La cigogne captive : son histoire.

Cet échassier de passage, la cigogne blanche, au bec et aux pieds jaunes, nous arrive au printemps de diverses contrées de l'Afrique, et repart en automne. Le mâle vient le premier pour réparer le nid de l'année précédente, puis retourne chercher sa compagne. Cette sollicitude est admirable.

La cigogne a une position droite, une démarche grave, un œil expressif. On a dit qu'elle a quelque chose de l'homme, ou, ce qui revient au même, que l'homme a quelque chose de la cigogne. Elle déploie une activité étonnante à poursuivre les animaux nuisibles dont elle se nourrit, et qu'elle apporte à ses petits dont elle a un soin extraordinaire. Tout cela lui a donné droit de cité à la ville et parmi les habitants de la campagne. C'est ainsi qu'on en voit beaucoup dans les villages d'Alsace et à Strasbourg, où on leur prépare des nids bien conditionnés. Cependant un jour un vent impétueux en renversa un qui avait été mal assujetti par le propriétaire de la maison. Deux jeunes cigognes et leur fidèle mère se virent bientôt en la possession d'une troupe d'écoliers malins qui se rendaient en classe. L'espièglerie dégénéra bientôt en cruauté. L'un arrachait avec violence à la mère une penne ou grosse plume d'aile, l'autre lui tordait ce membre pour l'empêcher de reprendre son vol, tandis que plusieurs autres se disputaient les petits et les tourmentaient. Enfin, après avoir éprouvé des effets de la malice de ces vilains enfants, la mère commença à donner des coups de son long bec sec à gauche et à droite, si bien que l'un d'eux, le plus acharné à lui faire du mal, en reçut un coup dans un œil. De là des cris si perçants que ses camarades effrayés s'enfuirent vers l'école, et y entrèrent en tel désordre, que l'instituteur, toujours le premier en classe, voulut en connaître la cause. L'un d'eux, interrogé, dévoila toute l'affaire sans mensonge, et, sur-le-champ, le maître d'école courut auprès du malheureux, qui, dès ce jour, perdit l'un de ses yeux. Jugez de la douleur de ses parents qui croyaient leur fils bien tranquille en classe ! Le projet qu'ils avaient formé de le faire entrer à l'école des arts et métiers de Châlons-sur-Marne, ne put recevoir son exécution, vu cet œil de moins ; il fallut songer à un autre apprentissage où la vue ne fut pas aussi appliquée.

L'instituteur de retour fit à ses élèves les plus sévères réprimandes, donna aux plus avancés, pour sujet de composition : *Notre conduite et nos obligations à l'égard des animaux,* et les punit tous de deux heures d'arrêt, pendant lesquelles il fallut apprendre un morceau religieux et écrire plusieurs pages sur les différents devoirs que nous avons à remplir.

La manière dont les compositions furent faites, prouva le repentir de ceux qui avaient tourmenté nos pauvres cigognes, qu'un passant s'était empressé de retirer des mains de ces enfants étourdis, et peut-être méchants. Dans tous les cas, ils commirent un acte très-blâmable et dont ils eurent à se repentir.

XIX.

Les poissons.

Le baron G. Cuvier, qui a fait de grands travaux sur l'*ichthyologie,* dit qu'il y a cinq mille espèces de poissons ; d'autres en comptent huit mille, qui peuplent les mers, les fleuves, les rivières, les ruisseaux et les étangs. Nous en mangeons un grand

nombre qui nous sont apportés encore en
vie, si nous sommes dans le voisinage d'un
océan ou de l'eau douce. Il faut convenir
que c'est une cruauté indigne de se permettre d'écailler ou d'ouvrir un poisson
tout vivant, d'arracher la peau à une an-
guille qui se débat, comme pour échapper
à la main qui la fait souffrir. Ce genre de
vivisection est pratiqué par les cuisiniers
trop pressés dans leur besogne, ou qui
ignorent qu'ils agissent cruellement à l'é-
gard de ces espèces de créatures de Dieu,
qui ne crient pas, il est vrai, comme les
quadrupèdes, mais qui n'en éprouvent pas
moins des douleurs atroces.

Beaucoup d'enfants parmi vous s'imagi-
nent peut-être encore que ce n'est pas
faire le mal de se permettre pareils procédés. Mais s'ils veulent y réfléchir et
repasser dans leur mémoire tout ce que
nous avons dit sur ce sujet, nous avons
lieu de croire que leur jugement, maintenant éclairé, ne leur laissera plus regarder d'un œil indifférent, un pauvre pois-

son plein de vie et de force qui se remue avec vigueur sous le couteau de celui qui le prépare pour la poêle à frire. Faut-il donc beaucoup de temps pour tuer même le plus gros poisson, avant de lui enlever les écailles et les entrailles ou de le couper par morceaux? Décidément l'homme ignorant est cruel; c'est une pénible conclusion à laquelle on arrive forcément, quand on pense que rien n'est plus facile que d'éviter le mal que nous signalons, mal qui dévoile, comme tant d'autres faits journaliers, la mauvaise nature de l'espèce humaine et le besoin de la changer par une éducation profondément morale et religieuse. Quand le brochet ou la truite poursuivent leur proie la bouche béante, et qu'ils l'ont atteinte, ils ne la font pas souffrir; après quelques coups de dents, ils l'avalent et lui donnent ainsi la mort sur-le-champ. Ne dirait-on pas quelquefois que la raison accordée à l'homme l'empêche de comprendre les choses les plus simples, et que ne voulant pas y regarder, elle le conduit à des actes odieux, le fait agir d'une manière cruelle ?

En Hollande, on tue le poisson, même dans la pêche abondante du hareng, au moment où il sort de l'eau, tandis que nous le laissons s'éteindre dans une lente agonie qui fait sur l'économie animale l'effet d'une maladie, amollit les chairs et leur communique un principe de dissolution. Une légère ouverture sous la queue fait mourir le poisson sur-le-champ.

Évite toute cruauté.

Heureux ceux dont l'éducation a été soignée dès l'enfance !

XX.

Les grenouilles.

Dieu a donné à l'homme une organisation telle qu'il est appelé à se nourrir de végétaux et de toutes sortes d'êtres terrestres et aquatiques. Que ne mange-t-il pas dans toutes les contrées de notre globe ! De quoi n'a-t-

il pas essayé de se nourrir ! Des animaux à
double vie ou *amphibies*, qui vivent à la fois
dans l'eau et sur le sec, qui se traînent ou
qui sautent, comme la grenouille et peut-être
le hideux et dégoûtant crapaud, n'échappent
pas à sa faim ou à sa gourmandise. Le pê-
cheur fournit sa part importante à la cuisine :
il y apporte toute sorte de poissons, de nom-
breux coquillages et des cuisses de grenouilles. En les détachant du corps de
l'animal, il se montre cruel dans cette opération, si au préalable il ne commence
par assommer la pauvre bête qui a aussi
sa vie à elle et sa sensibilité visible,
comme tout être doué de locomotion,
c'est-à-dire qui peut se transporter d'un
lieu dans un autre, au moyen de pattes,
de pieds ou d'ailes.

J'ai connu une personne qui aimait
beaucoup le mets mentionné ici, qui appré-
ciait extraordinairement les cuisses de
grenouilles apprêtées en beignets, mais
qui ne peut plus en manger à la suite d'une
promenade qu'elle fit à la campagne. Par

une belle matinée de printemps, longeant
un jour un clair ruisseau au doux mur-
mure, mon ami rencontra une mère et
son enfant occupés à prendre des chan-
teuses de marais, comme disent les poëtes.
Mais quel pénible sentiment n'éprouva-t-il
pas, lorsqu'il entendit la femme dire à
son fils : « Saisis les pattes; » et elle, tenant l'animal par le haut du corps, opéra
la vivisection, c'est-à-dire lui trancha les
jambes, sans l'avoir au préalable jeté
contre terre pour lui ôter la vie. Dès ce
jour, le promeneur ne voulut plus voir ce
mets sur sa table et n'en mangea nulle
part. Il eut bien raison d'obéir à son sentiment, comme aussi de faire des représentations à cette femme qui apprenait à
son enfant à être si cruel. Il lui prédit que
si elle continuait, ce fils aurait un jour un
cœur dur et insensible pour elle. Cette
prédiction ne se réalisa malheureusement
que trop bien. Dans maintes circonstances
en effet, et même à la mort des auteurs
de ses jours, ce fils, comme tout le voisi-

nage en fut témoin, sans en être étonné,
fit preuve d'une dureté révoltante. Il était
facile de prévoir que la mauvaise éducation
qu'il recevait, porterait des fruits amers.

Quand pour les animaux l'homme est impitoyable,
Il le devient bientôt même pour son semblable.

XXI.

Le scorpion : sa description.

Cet insecte, surtout celui qui est rous-
sâtre et vieux, est à redouter par l'aiguillon

qu'il porte au bout de la queue, et avec lequel il peut occasionner des accidents fort graves, si l'on n'y apporte un prompt remède. Il a huit pieds et plusieurs yeux. Des espèces de pinces appelées *palpes*, en forme de serres d'écrevisse, sont placées près de la bouche et lui servent pour saisir les insectes qui font sa nourriture. Sa queue, composée de sept anneaux, se termine par cet aiguillon qui est une pointe recourbée, très-aiguë et creusée à l'extrémité de deux trous. Il pique et laisse aussitôt échapper un venin dans la petite blessure qu'il a faite. Cet insecte se trouve dans le midi de la France, et surtout en Afrique, et dans l'Europe méridionale.

Un petit garçon que sa mère ne surveillait pas, et que le père, qui travaillait tous les jours à un atelier, ne voyait que le matin en quittant de bonne heure le logis et le soir en y rentrant, avait pris la déplorable habitude de tourmenter tous les insectes ou animaux sans vertèbres qu'il pouvait se procurer. Tantôt c'était

un scarabée doré si utile dans les jardins
pour y détruire la vermine, auquel il arrachait les pattes l'une après l'autre; tantôt un charmant papillon qu'il essayait de
faire voler avec deux ailes, ou bien une
cigale qu'il disséquait à sa manière pour
voir d'où venait son *bribribri* qu'on a appelé son chant. Tantôt il se plaisait à arracher les yeux avec une épingle à l'une
de ces mouches admirables à voir au mi-
croscope ou verre grossissant; ou bien
il s'amusait à couper des animaux tendres
où vers, pour en voir remuer les tron-
çons; enfin, tout insecte, petit ou grand,
lui convenait pour se livrer à de pareilles
cruautés. Il en fut puni, un beau jour,
d'une manière exemplaire, ainsi que ses
négligents parents. Etant assis près d'un
mur bien exposé aux rayons du soleil, il
aperçut un petit animal qui portait ses
petits sur son dos, et songea de s'en amuser
à sa façon. S'imaginant que c'était avec les
pinces ou palpes que cet insecte portait
au-devant de la tête, qu'il pouvait serrer,

3.

il songea à le désarmer en les lui brisant.
Aussitôt pensé , aussitôt fait. Il exécuta
facilement son cruel projet , car il avait
acquis une certaine habileté dans ce genre
de vivisection, coupant chaque jour, comme
nous l'avons déjà dit , tous les insectes
qu'il pouvait prendre , et éprouvant un
certain contentement à les voir se débat-
tre contre la souffrance et la mort. Après
cette opération, le pauvre animal cherchait à s'échapper , mais son antagoniste
le retenait par tous les moyens, et visait
à le priver de ses huit pattes les unes
après les autres. Cette fois, l'enfant ayant
eu l'imprudence de le saisir sans précaution, et croyant qu'il était désarmé, l'insecte lui lança son aiguillon dans la main.
Alors le blessé courut vite chez ses parents,
en criant qu'il avait été piqué mortelle-
ment. La mère, assez indolente de sa nature, ne fit pas grande attention à ce qui
venait d'arriver : elle se contenta de laver
le mal avec de l'eau fraîche. Cependant la
main enflait, l'enflure se propageait dans

le bras : on attendit le père pour savoir ce qu'il fallait faire. Mais il revint à une heure un peu avancée, et trouva son fils très-souffrant, ayant à l'endroit atteint une grande tache rouge, noire au centre. Enfin on se décida à aller chercher un médecin. Aussitôt qu'on lui fit connaître la cause du mal, et que l'enfant eut décrit l'insecte, l'homme de l'art en conclut que c'était la piqûre d'un individu de la famille des *arachnides*, espèce d'araignée de grande taille et d'une grande vivacité. Il ajouta que ce devait être un scorpion, et dit qu'on l'avait appelé bien tard. Il employa tout ce qu'il crut nécessaire, mais la nuit fut bien mauvaise : insomnie, frissons, convulsions, oppression, délire, cris, soif ardente, douleurs dans tous les membres, tremblement général ; on aurait pu penser qu'il n'y avait plus d'espoir, d'autant plus que le petit garçon manifestait une grande terreur. Les parents étaient dans la plus profonde tristesse. Cet état alarmant dura quarante-huit heures, et ce ne fut qu'au bout de quelques semaines que l'enfant, à force de soins, se sentit sensiblement mieux.

C'est là une leçon pour ceux qui auront connaissance de ce fait ; qu'ils se rappellent que l'on doit se garder de tourmenter les insectes venimeux, aussi bien que ceux qui sont inoffensifs, et que l'utilité des premiers dans la nature est aussi incontestable que celle des seconds, selon les vues de la bonne Providence.

Celui qui est gratuitement cruel envers les animaux, sera facilement sanguinaire envers ses semblables, si quelque passion vient le pousser à la violence.

XXII.

Les abeilles.

Tout le monde connaît l'industrieuse mouche à miel ou *mellifère*, porteuse de miel, qui, depuis qu'elle existe, obéissant à son instinct, construit des cellules, dispo-

sées toujours de la même manière, pour
recevoir la matière sucrée qu'elle distille
dans son estomac, et qu'elle dépose ensuite
dans ces cellules hexagonales ou à six an-
gles, comme il est facile de s'en assurer en
jetant un coup d'œil sur un rayon.

L'abeille, cet *hyménoptère ailé*, pique et
tue son adversaire au moyen d'un aiguillon venimeux, quoique beaucoup moins
dangereux que celui du scorpion, et qui
se trouve caché à l'extrémité de l'abdo-
men.

> Je ne vous dirai pas leurs combats éclatants,
> Si la mort est donnée à l'un des combattants,
> Si ce peuple est régi par une seule reine....

Les mœurs des abeilles, leurs chefs ma-
gnanimes ont fait autrefois l'objet d'études
sérieuses, non-seulement de la part des
naturalistes, mais aussi de la part des
poëtes et des philosophes anciens et mo-
dernes.

Cent fois on a chanté ce peuple indus-
trieux. Un autre jour nous pourrons entrer

dans de plus longs détails. Pour le moment, nous voulons vous rappeler un
nouvel exemple de la manie de certains
petits garçons mal élevés, de tourmenter
les bêtes.

Tous les animaux qui vivent parmi nous,
sont inoffensifs, si on les laisse tranquilles.
Aucun insecte des quarante mille espèces
décrites par les savants, n'attaque le plus
petit enfant, à moins d'être obligé de se
défendre contre ses agaceries et ses cruautés. Il est toujours dangereux de toucher
un animal tant petit qu'il soit, s'il porte
un dard qui, aussitôt qu'il pénètre, laisse
en même temps échapper une gouttelette
de venin toujours très-actif sans être mor-
tel. L'abeille et beaucoup d'autres *hymé-
noptères* sont de ce nombre, tandis que
les serpents, et notamment la vipère,
portent une dent creuse ou crochet qui,
venant à rencontrer de la chair, s'y en-
fonce, et y laisse échapper un venin d'une
nature plus dangereuse, puisque la mort
s'ensuit souvent. On dit du serpent qu'il

mord, qu'il est venimeux ; l'abeille pique ;
son dard est son arme défensive. Mais venons au fait.

Depuis plusieurs jours, deux gamins
profitaient de l'absence des personnes
d'une maison, pour aller s'amuser à jeter
du sable sur une ruche bien remplie. Le
peuple ailé, nation merveilleuse, sortait
en quantité pour faire retirer ceux qui se
permettaient de l'inquiéter de la sorte. A
la fin de la journée, le soleil descendant
vers l'horizon, la fraîcheur commençant à
se faire sentir, les abeilles rentrèrent toutes
sous leur panier. Alors nos malavisés s'ap-
prochèrent avec des baguettes, et les intro-
duisirent par la petite ouverture qui permet
aux ouvrières d'entrer et de sortir, pour se
répandre au loin dans la campagne et dans
les forêts, afin de sucer les fleurs et de se
rouler dans leur calice où se trouve le *pollen*
ou poussière qui leur sert à fabriquer la cire
dont elles construisent ensuite leurs cellules.
Les abeilles se sentant tracassées et maltrai-
tées, se jetèrent aussitôt sur ces gamins,

et les piquèrent tellement qu'ils eurent en
un instant la tête d'une grosseur mons-
trueuse. Il n'y avait rien de plus affreux
à voir. La présence du médecin fut nécessaire, et il déclara que le cas était grave, à
cause de la quantité de piqûres et de la
fièvre qui allait se déclarer. Il fallut retirer la plupart des aiguillons restés dans les
chairs, tant les abeilles en fureur les avaient
enfoncés profondément. « Quelle punition !»
disaient les enfants éplorés. Pendant six
semaines, ils furent malades, et donnèrent
même quelque inquiétude pour leur vie
les huit premiers jours. L'un d'eux eut la
vue altérée, par suite de cet accident, pendant plus de deux ans, et ce ne fut qu'à
force de soins qu'il ne la perdit pas pour
toujours.

C'est là encore un exemple frappant, mes
chers amis, qui prouve combien il est
dangereux de faire souffrir même les plus
petits animaux, de les tourmenter d'une
manière quelconque. C'est s'exposer volontairement à éprouver les effets de leur dé-

fense naturelle, tous ayant reçu du Créateur quelque moyen de préserver leur vie et leurs organes, comme l'homme luimême. La Providence de Dieu se manifeste partout.

XXIII.

La ménagerie.

Nous ne venons pas vous parler de la ménagerie de Paris au jardin des plantes, fondé en 1635 sous le nom de *jardin royal des herbes médicinales*, par Louis XIII, roi de France. Il ne s'agit pas non plus du *parc géologique* ou jardin établi au milieu des

vastes ombrages du bois de Boulogne ,
grâce à la munificence de l'Empereur ,
dans le but de mettre en pratique les théo-
ries de la Société d'acclimatation fondée
le 10 février 1854 , société qui distribue
des récompenses aux gardiens du jardin
pour les soins intelligents qu'ils donnent
aux animaux, comme en fait mention son
Bulletin mensuel. Nous ne vous transpor-
terons point dans un de ces vastes établisse-
ments où tant de naturalistes célèbres et
secondaires étudièrent et étudient aujour-
d'hui encore, les mœurs, l'instinct et l'intelligence d'une foule d'animaux exotiques
et indigènes, se livrant aux observations les
plus curieuses et les plus importantes pour
le progrès des sciences naturelles. Notre intention est beaucoup plus modeste. Nous
voulons simplement vous parler d'une de ces
ménageries ambulantes où se trouvent des
lions, les plus forts d'entre les animaux,
de terribles panthères, d'affreuses hyènes,
le tigre bassement féroce, toujours altéré
de sang, des singes malins , de mystérieux

vautours, de bruyants perroquets, d'énormes serpents aussi froids que glace, des
crocodiles ou alligators du Nil, et que
sais-je encore?

Le propriétaire de la ménagerie dont
nous voulons vous entretenir, ayant fait,
depuis quelque temps, un assez bel héri-
tage, ne paraissait plus avoir du goût pour
surveiller les hommes chargés du soin de
ses animaux. Il s'absentait quelquefois du
matin au soir, s'en allait sans mot dire,
sans faire la moindre recommandation.
Bientôt les choses ne marchèrent plus
comme auparavant, la ménagerie ne fut
plus soignée, et il y eut diminution dans
les recettes, malgré la grosse caisse et une
musique aussi bruyante qu'elle était peu
harmonieuse. Enfin celui qui devait nettoyer les cages étant devenu un suppôt de
Bacchus, au grand détriment de sa santé,
de son esprit et de sa bourse (et peut-être
aussi de celle de son maître), ayant dis-je,
laissé ses sens au fond d'une bouteille,
prit l'habitude de frapper les pauvres bêtes

à tort et à travers , même celles qui étaient les plus apprivoisées. Un matin, il les irrita à tel point, qu'un tigre renversa plusieurs cages qui avaient été, à ce qu'il paraît, mal assujetties. Au milieu des cris perçants, des rugissements horribles de ces hôtes de l'Asie et de l'Afrique, une de ces lourdes cages se brisa en tombant, et il en sortit une bête des tombeaux, une hyène tachetée, au regard de feu , originaire du midi de l'Afrique et amenée en Europe depuis peu de temps. Elle avait le poil hérissé de colère et montrait des dents affreuses , prête à se jeter sur le premier venu. Heureusement que la ménagerie avait été établie sur un terrain séparé de toute habitation , à l'entrée de la ville. Notre individu, plein du jus de la treille, n'eut pas le courage de rester ; il se sauva au plus vite avec toutes les personnes qui étaient là. L'hyène sortit du clos , mais bientôt l'alarme se répandit partout , et sur-le-champ se présentèrent plusieurs chasseurs qui abattirent l'animal féroce ;

une balle lui fracassa une jambe et, au même instant, une autre lui perça les flancs et les viscères.

Sur ces entrefaites le maître arriva tout essoufflé; il reconnut que cet événement était le triste résultat de sa négligence d'un côté, et de l'autre de l'ivrognerie de son domestique. Il ne devait pas suffire de congédier celui-ci à cause des mauvais traitements qu'il s'était permis à l'égard des animaux de la ménagerie et du fait qui venait de se présenter. La police ne manqua pas de faire son devoir, car la société doit être garantie contre la dent d'animaux qui sont devenus une branche d'industrie, un genre de spectacle où le public n'est admis qu'en payant. Notre code pénal prévoit les faits de cette nature et en punit les auteurs. Le propriétaire fut condamné à une amende, et fort heureusement pour lui que l'animal ne rencontra personne au moment où il fut en liberté, autrement la punition eût été plus sévère. Le domestique renvoyé perdit une partie de ses gages, vu le dou-

ble préjudice qu'il avait causé à son maître. Tout l'ennui en revint à ce dernier
dont la mauvaise conduite fut l'objet de la
conversation de cette foule de désœuvrés
et de méchants, toujours prêts à se réjouir
lorsqu'il arrive quelque accident ou quelque malheur.

Rien n'est détestable comme l'ivrognerie,
la négligence et la paresse.

XXIV.

L'éducation du chien d'arrêt.

J'avais environ douze ans, lorsqu'un chasseur me conduisit dans un verger où il voulait commencer une éducation sérieuse et assez longue, celle d'un jeune chien d'arrêt, race très-intelligente, susceptible d'apprendre beaucoup de choses, comme tous les naturalistes en ont fait la remarque. Il s'agissait de lui montrer à s'avancer lentement sur un tout petit lièvre, à tomber en arrêt, puis à obéir au mot : *pille.* Vraiment l'instinct de l'élève était admirable; sa crainte ne l'était pas moins, et on eût dit qu'il lisait dans les yeux de

son éducateur, tant il était prompt à prévenir son désir et sa volonté. A la moindre
parole, le pauvre animal tremblait, s'avançait à pas lents, en rasant la terre de son
corps, puis s'arrêtait; mais tout cela, on
le conçoit, laissait beaucoup à désirer,
puisque l'intéressant animal en était seulement à sa quatrième leçon. Par malheur,
le petit lièvre, attaché par une patte, fit un
mouvement qui excita *Perdreau*, et le porta
à désobéir. Alors le chasseur qui le tenait
en laisse, le frappa brusquement, passa la
corde à une branche d'arbre, le suspendit
par le cou, et se mit à lui donner du fouet
d'une manière terrible. Ces procédés, surtout cette suspension avec secousses redou-
blées, me firent horreur; je criais d'arrêter, que la pauvre bête allait être
étranglée; mais tout fut inutile, et, pour
récompense de ma pitié, on me chassa
immédiatement du verger, ce qui ne me
fit aucune peine, parce que cette scène
brutale m'avait complétement bouleversé.

Si j'avais eu le moindre goût pour la

chasse, je crois qu'il m'aurait passé dès ce
jour; dans tous les cas, il n'aurait certainement pas résisté à un singulier accident,
qui m'arriva peu de temps après avec un
monsieur bien respectable que j'aimais beaucoup. Celui-ci n'ayant pas de chien, se
promenait, un jour, le fusil sous le bras.
M'ayant engagé à l'accompagner, il m'en-
voya près d'un buisson épais pour en chas-
ser une volée de petits oiseaux. Je réussis
parfaitement, mais au coup de fusil, ils
ne furent pas les seuls qui reçurent des
plombs. J'en avais ma part dans un bras,
si bien qu'il fallut le médecin pour les retirer. Le chasseur en éprouva une vive
peine, et reconnut qu'il aurait pu me rendre aveugle pour la vie. Vous pouvez
croire que je fus complétement dégoûté de
promenades de ce genre, comme je l'avais
été précédemment de mon désir d'apprendre
à dresser un chien pour la caille, le lièvre
ou autre gibier de plaine, de forêt ou de
rivière. J'ajouterai que dans le moment où
j'assistais à la leçon de *Perdreau,* il me

vint à la pensée que les chasseurs étaient des hommes à part, insensibles et colères au suprême degré. Plus tard, je reconnus avec bonheur que ceux qui étaient tels, formaient une très-petite minorité; qu'en général, au contraire, les chasseurs soignent et aiment leurs chiens, les corrigent seulement quand il est nécessaire, et savent s'arrêter à temps. Il ne faut point oublier que les violences, les emportements, les imprécations et les jurements peuvent donner de nous une très-mauvaise opinion, ou nous exposer à faire juger notre caractère d'une manière fort défavorable. Un homme maître de lui-même, qui surmonte ses mouvements impétueux, est un homme remarquable, qu'on peut citer comme exemple. Il n'oublie jamais que les animaux sont des êtres sensibles qui éprouvent, comme nous, le bien-être et la souffrance.

XXV.

La foudre.

Tous les petits ouvrages de physique à l'usage des écoles élémentaires, font mention des effets terribles de la foudre, et le plus jeune enfant a entendu raconter, au coin du feu, quelque malheur arrivé

pendant de grands orages, comme il en
éclate surtout dans les années de chaleurs
exceptionnelles. Peut-être que le récit suivant vous intéressera.

Un voiturier avait la malheureuse habitude de boire à l'excès, et de laisser souvent ses chevaux attelés et attachés près
des cabarets qu'il trouvait sur sa route,
sans leur donner à manger. A plusieurs
reprises, ses parents et ses amis lui avaient
fait les observations et les remontrances les
plus bienveillantes, l'engageant à se corriger
du vice de l'ivrognerie, et à avoir pitié de
son attelage qui dépérissait à vue d'œil. Mais
tout fut inutile, les choses restèrent dans
le même état, et notre homme sut mauvais
gré à tous ceux qui s'étaient permis de lui
parler pour son bien et celui de sa famille.
Il n'y eut qu'un événement providentiel
qui put lui ouvrir les yeux et lui faire
sentir que le vice honteux qui le rongeait,
ôte le cœur à l'homme et l'empêche de
comprendre ses intérêts.

Il était deux heures de l'après-midi,

quand le ciel devint très-noir vers le cou-
chant, présage d'un temps extraordinaire.
Notre voiturier venait de faire halte, et
s'était mis à boire et à jouer aux cartes
avec un désœuvré qui ne demandait pas
mieux que de perdre son temps et de se
régaler sans frais, car il connaissait beaucoup de jeux, et n'était pas scrupuleux dans
son savoir-faire. Bientôt le roulement du
tonnerre se fit entendre, et les nuages épais
s'entre-heurtant, se déplaçant et approchant
avec rapidité, les coups se multiplièrent
au-dessus même du débit de vin où s'était
arrêté le voiturier.

Ses chevaux, exposés à une pluie froide
et abondante depuis plus d'une heure,
n'ayant pas mangé de toute l'après-midi,
faisaient vraiment pitié, et on ne pouvait
s'empêcher d'appeler cruel cet homme qui
les soignait si peu, et qui les frappait à
outrance pour leur donner des jambes. Mais
cette fois, il n'en eut pas la peine; bien
autre chose allait arriver.

La pluie cessant de tomber, notre homme

qui avait trop bu, parla de partir, lorsque tout à coup le tonnerre gronda de nouveau. Un éclair vif, suivi d'une détonation épouvantable, fit fermer les yeux à tout le monde ; les vitres tremblèrent, et on aperçut comme une colonne de feu qui tombait du ciel. La foudre venait de frapper les chevaux et la voiture qui stationnaient devant l'auberge. Les voisins accoururent pour porter secours, mais il n'y avait point de remède à un si grand mal. La voiture était fracassée, trois roues avaient été jetées dans un coin ; les chevaux étaient étendus, l'un calciné, l'autre complétement asphyxié. Notre ivrogne se lamentait, et commençait à sentir sa culpabilité. Mais ce fut bien autre chose quand il eut dormi. Alors sa conscience s'éleva contre lui ; il s'adressa des reproches sanglants au sujet de sa conduite envers ses pauvres chevaux, qu'il laissait chaque jour avoir faim, tandis que lui mésusait de son argent, s'abrutissait, se ruinait et perdait sa réputation, son crédit, sa santé même. Sa femme et

ses enfants souffraient aussi depuis longtemps de son inconduite, et cette dernière
perte les mit dans la plus grande misère.
Cruel envers son attelage, fortement com-
promis dans sa fortune, cruel envers sa
famille par suite de son ivrognerie, il finit
par ne plus oser regarder en face les hon-
nêtes gens, et devint d'un caractère som-
bre qui le conduisit à une mélancolie mortelle. Souvent il répétait : « J'ai été cruel,
j'ai fait souffrir, je dois aussi souffrir; la
foudre de Dieu m'a frappé ; qu'il me par-
donne ! »

Ne refusons jamais d'écouter les bons
conseils et d'en profiter. Toute cruauté est
blâmable et répréhensible.

XXVI.

Le veau.

Toutes les professions qui doivent faire couler le sang des animaux nécessaires à la nourriture de l'homme, celle de boucher entre autres, exposent ceux qui les exercent à passer pour des gens durs et même cruels. Il faut convenir que quelquefois, ils n'entourent pas leur état de toutes les précautions désirables. Dans les grands centres de population où la police veille sans cesse, on ne tolère pas bien des faits qui malheureusement se produisent à la campagne et au sein des petites villes. Il n'est pas rare de rencontrer sur nos routes, des cochons, des moutons, des veaux garrottés, couchés pêle-mêle sur une voiture, et criant tous ensemble à chaque secousse brusque du véhicule qui les transporte ; ou bien, si on les fait marcher, de gros chiens aboient et les harcellent en leur mordant et leur déchirant les jambes. La manière de conduire ces animaux fait souvent mal à voir, et on ne sait que penser de ceux qui agissent aussi brutalement. Le veau surtout inspire une profonde pitié, quand on le force à marcher ; il ressemble à un petit enfant qui commence à faire les premiers pas, qui s'arrête, chancelle et crie, si on veut le contraindre d'aller plus vite.

Un apprenti boucher avait été envoyé par son maître au village voisin pour chercher une de ces jeunes bêtes. Il l'amenait avec peine, la traitait indignement, si bien que lui frappant sur les jarrets avec violence, il finit par lui casser une jambe. Que faire ? quel embarras ! Impossible de

porter ce veau, vu qu'il pesait 40 kilogram-
mes. Il essaya cependant, mais il ne put aller bien loin. Enfin il résolut d'attendre
avec patience, ou plutôt la colère dans le
cœur, le passage de quelque voiture. Après
une mortelle heure, n'en voyant pas venir,
il offrit de l'argent à un homme pour l'aider
à transporter sa victime. Celui-ci y consen-
tit, mais il ne fut pas possible de faire les 8
kilom. qui restaient à parcourir pour arriver
à destination. Il fallut encore attendre, et
au bout de trois quarts d'heure, il vit arriver une voiture sur laquelle on chargea la
pauvre bête souffrante. Arrivé chez le maître, l'apprenti débuta par un mensonge, en
disant que le veau était tombé en bas du
talus de la route; mais les marques de coups
ne lui permirent pas de soutenir longtemps
ce qu'il avançait avec effronterie. Ensuite
il dut rendre compte de l'argent à lui remis pour ce voyage, et se trouva encore
embarrassé. A force de questions, il finit
par tout avouer, sans paraître en éprouver
aucun regret. Le maître, qui le savait d'une

humeur très-colérique, lui annonça qu'il ne pourrait continuer son apprentissage chez lui, que l'acte de brutalité dont il s'était rendu coupable l'indignait, ainsi que beaucoup de personnes qui en faisaient l'objet de leur conversation. Autant ce jeune homme méritait de blâme, autant son maître mérite d'éloges de n'avoir pas souffert qu'un aussi triste sujet demeurât à son service; juremenits, colère, coups, mensonges étaient devenus habituels à ce jeune homme. Toutefois, hâtons-nous d'ajouter que cette leçon ne fut pas perdue. Au bout de quelques mois, il écrivit une charmante lettre à son premier maître, dans laquelle il avoua tous ses torts, lui fit les plus sincères excuses, et prouva qu'il avait travaillé à se défaire de ses déplorables dispositions.

Celui qui ne veille pas sur lui-même, qui laisse ses passions se développer sans résistance, se prépare les chagrins les plus cuisants.

A l'occasion de ce récit, nous rappellerons que la Société protectrice établie à Paris, obtint par ses démarches, le 4 novembre 1854, l'arrêté de police suivant :

Art. 1ᵉʳ. A partir du 1ᵉʳ janvier 1855, les veaux seront transportés, dans le ressort de la préfecture de police, et exposés en vente sur les marchés d'approvisionnement de Paris et autres marchés dudit ressort, debout, sans entraves ni ligatures.

Art. 2. Les contraventions à la présente ordonnance seront constatées par des procès-verbaux ou rapports, et poursuivies conformément aux lois.

Il faut avoir vu de pauvres veaux les quatre pieds liés ensemble, pour comprendre la sagesse de cet arrêté.

Le même arrêté a été pris par le sénateur administrateur du département du Rhône.

XXVII.

Le charretier.

Un jour, nous rendant à la ville, arrivés à un village qui fait limite entre deux
départements., nous aperçûmes de loin
une de ces grandes charrettes à deux
roues, qu'on emploie dans le midi de la
France pour le transport des marchandises.
Comme elle allait se trouver à une descente
courte, mais très-raide, nous fûmes curieux
de voir comment le voiturier enraierait ce
singulier équipage. Nous précipitions le pas
et arrivions au moment où la charrette allait descendre. Par paresse ou par trop de
confiance, notre conducteur ne prit aucune
précaution ; mais arrivé au milieu de la
rampe, son cheval timonnier, percheron
robuste, s'abattit brusquement, et fut

comme écrasé sous le poids de cette énorme
voiture. Notre homme, tout effrayé, s'empressa de décrocher ses chevaux pour les
mettre en reculement, ce qui se fait à
toute descente avec ce genre de voiture,
et ce qu'il aurait dû faire tout d'abord.
Ensuite, il essaya de relever le pauvre animal qui avait les dents cassées et saignait
par la bouche. Mais ne pouvant y parvenir
seul, il appela du secours ; et aussitôt nous
nous empressâmes de l'aider de notre
mieux. Les choses n'allant pas aussi vite et
aussi bien qu'il l'aurait voulu, notre gros-
sier charretier se mit à vomir des jurements abominables dont nous ne compre-
nions qu'une partie, vu qu'il était de la
Provence, où l'on parle un patois très-ex-
pressif, mais souvent inintelligible pour
les autres parties de la France. Bientôt il
s'emporta contre le pauvre animal, le frappa
indignement, ce qui nous fit à tous beaucoup de peine, au milieu de nos efforts
pour soulever la pesante limonière qui l'é-
crasait de toute la charge de la voiture,

par suite de la pente de 6 à 7 pour 100.
Comme il continuait, avec le rude manche
de son fouet, à frapper avec violence le
pauvre animal ensanglanté, dont les jambes
avaient fléchi sous le fardeau, et se trouvaient déchirées, nous crûmes de notre devoir de lui enjoindre de cesser ces mauvais
traitements ; mais, pour nous remercier
de l'aide que nous venions de lui prêter,
il nous rembarra avec une grossièreté qui
prouvait que cet homme était totalement
dépourvu de cœur et d'éducation, qu'il
était moins intelligent que son cheval, et
plus dur que les pierres de la route. Pour
nous, nous étions attristés de voir la pauvre bête continuer à jeter du sang par les
narines et la bouche. Jamais nous n'aurions cru qu'un charretier pût se montrer
aussi cruel envers un animal qui lui appar-
tenait en propre. Cependant l'un de nous
se rappela que le premier individu contre
lequel la police dût sévir et auquel fut appliquée la loi Grammont, était un charretier
de Paris, qui avait frappé son cheval

d'une manière horrible. Celui de notre récit aurait, comme son confrère, mérité une
sévère punition. Il la rencontrera ailleurs
inévitablement, s'il continue à se montrer
aussi dur, aussi cruel, et aussi impitoyable
envers les animaux qui lui sont confiés ou
qui lui appartiennent.

On doit plaindre le sort des pauvres animaux :
Que notre cruauté n'aggrave pas leurs maux.
Fais de tes animaux un usage opportun,
Et mesure la charge aux forces de chacun.

XXVIII.

Enseignements religieux relatifs à ce traité et notre vœu.

Les animaux sont des créatures de Dieu, des êtres de son conseil éternel, de sa divine providence. Ils répandent beaucoup de charmes dans la nature, contribuent à éveiller dans l'homme un esprit d'étude qui avance la civilisation, en provoquant le progrès dans les sciences et les arts. Dès lors, notre conduite et nos obligations à leur égard ne sont pas indifférentes. Une conduite barbare envers eux réagit inévitablement et sur les dispositions de notre cœur et sur nos rapports avec nos semblables.

Quelques enseignements de la Parole de Dieu achèveront de nous pénétrer des vérités et des préceptes que renferme ce petit livre, lequel nous vous avons dédié, chers enfants et chères familles, qui aspirez à bien connaître tous vos devoirs et toutes vos obligations. Nous nous adressons aux soixante-cinq mille deux cent trente-deux écoles primaires communales, libres ou autres, qui existent en France, et qui sont fréquentées par quatre millions seize mille neuf cent vingt-trois enfants, ainsi qu'à leurs instituteurs et à leurs parents.

Moïse, dont les cinq livres commencent la Bible, dit au XXIIIe chapitre de l'Exode :

4.

Si tu vois l'âne de celui qui te hait, abattu sous son fardeau, donne-toi garde de l'abandonner ; tu ne le laisseras point là.

Nous lisons au XXIIe chapitre du Deutéronome : *Si tu vois l'âne de ton frère ou son bœuf tombés dans le chemin, tu ne te cacheras point d'eux, mais tu les relèveras avec lui.*

Il était défendu aux Juifs d'égorger dans le même jour, la vache, ou la brebis, ou la chèvre avec leur petit, comme on le voit au XXIIe chapitre du Lévitique, IIIe livre du Pentateuque.

Dans les commandements de Dieu, le quatrième comprend toute la maison, tous les êtres qui sont les compagnons de travail de l'homme. Les animaux qui lui appartiennent ne doivent pas travailler le septième jour, sans doute parce qu'ils ne peuvent travailler seuls, mais aussi parce qu'ils ont besoin de repos pour réparer et reprendre leurs forces, pour être maintenus en bon état de corps, et pour pouvoir mieux aider celui qui les possède et les emploie : *Tu ne feras aucune œuvre en ce jour-là, ni toi..... ni ton bétail.....*

Notre adorable Sauveur se justifie en ces termes d'avoir opéré une guérison le jour du sabbat : *Qui sera celui d'entre vous, qui ayant une brebis, si elle tombe au jour du sabbat, dans une fosse, ne la prenne et ne l'en retire?* (Matth., XIII, 11.)

Salomon, roi célèbre en Orient, donne ce conseil dans le XXVIIe chapitre de ses Proverbes : *Sois diligent à reconnaître l'état de tes brebis, et applique ton cœur aux troupeaux.* Il veut que le berger et le pâtre aiment et soignent avec sollicitude la bergerie qui leur est confiée.

Dieu nous prescrit d'avoir toutes sortes d'égards pour les animaux dont nous nous servons. Il nous dit au chapitre XXVe du Deutéronome : *Tu n'emmuselleras point ton bœuf, lorsqu'il foule le grain,* c'est-à-dire qu'il doit en manger pour lui donner de la force dans le travail auquel on l'emploie.

Nous lisons encore au livre des Prover-

bes, déjà cité, au chapitre XII, verset 10 :
*Le juste a égard à la vie de sa bête, mais
les entrailles des méchants sont cruelles.*
Vous savez que c'est l'épigraphe de ce
traité, et qu'une foule de faits de la vie
réelle en prouvent les nombreuses appli-
cations.

Ce sont ces *entrailles cruelles*, ces dispositions à des actes barbares qui ont provoqué l'établissement d'un certain nombre
de *sociétés protectrices des animaux*, comme
nous l'avons vu, et qui ont rendu nécessaires les lois de répression qui atteignent
tous ceux qui se permettent de maltraiter
les animaux que l'homme est parvenu à
soumettre et à rendre domestiques, et qui
vivent avec lui, parce qu'ils sont sociables
dans leurs espèces, comme lui l'est dans la
sienne.

Tels sont les enseignements supérieurs
et avantageux que nous présentons ici à toutes les familles et à leurs enfants, à nos
écoles et aux instituteurs, à tous les hommes généreux, avec le vœu que ces ensei-

gnements trouvent le chemin de leur cœur,
soit pour les préserver de tout acte inhu-
main, par suite d'emportement, de colère
ou de méchanceté, soit pour les porter à
avoir le courage d'exhorter et de réprimander tous ceux qui se rendent coupables de
cruauté, soit enfin pour les engager à
exposer les principes établis dans ces simples pages, et à répandre dans nos écoles
primaires ce petit traité de morale pratique. Nous aurions pu étendre cet écrit
dans le texte, ou par une foule de notes,
mais nous avons pensé que si les exemples
qu'il renferme ne suffisaient point pour
éclairer, corriger et toucher le cœur, quelques feuillets de plus n'auraient pas plus
de chances de succès.

Va, maintenant, petit livre, à la ville et
au village, pour intéresser et instruire non-
seulement quelques enfants, ce qui serait
déjà beaucoup, puisqu'ils sont appelés à
grandir, mais encore des hommes de professions diverses, appelés à conduire, à

soigner des animaux leur appartenant ou confiés à leur garde.

Cher petit traité, puisses-tu opérer, sous la bénédiction de Dieu, quelque bien au milieu de ceux qui te liront attentivement. Qu'ils ne se permettent jamais rien de dégradant, sous quelque prétexte que ce soit : qu'ils reconnaissent que l'homme est corrompu de cœur, méchant par sa nature, qu'il doit par conséquent demander à Dieu de toucher ce cœur, de le revêtir de dispositions conformes au christianisme enseigné par le Sauveur du monde.

Enfin, notre grand devoir est d'apprendre à nous connaître nous-mêmes, de travailler sérieusement à acquérir cette connaissance précieuse. Rappelez-vous que les jeunes gens, corrompus de bonne heure par le mauvais exemple et le manque d'éducation, sont inhumains et cruels. Sachez que l'objet essentiel et le vrai but de l'éducation, est le développement moral de l'homme. Que les parents prennent donc garde à leurs enfants, et que les enfants et les parents n'oublient jamais Dieu et sa Parole. C'est là le vœu le plus ardent de celui qui vous a offert ces simples lectures, puisées dans la vie pratique et dans une longue expérience.

Si ce livre vous arrive, vous le devrez à la Société qui s'est fondée à Lyon en 1854, pour améliorer, par tous les moyens en son pouvoir, le sort des animaux, dans une haute pensée de justice, de morale, d'économie bien entendue et d'hygiène publique, comme celle de Paris et toutes les autres qui fonctionnent tant en France qu'à l'étranger.

CONCOURS OUVERT A LYON.

———

Ce concours a été très-remarquable par le nombre des mémoires. Il ne s'en est pas trouvé moins de quarante-deux envoyés de France, d'Angleterre, de Belgique et de Suisse, parmi lesquels neuf ont été proclamés, dont deux de personnes appartenant à l'Eglise protestante : l'un d'un instituteur de Lausanne (Suisse), et notre mémoire.

FIN.

TABLE DES MATIÈRES.

SE TROUVE :

A TOULOUSE,
Chez Delhorbe, libraire, rue des Balances, 35.

A PARIS,
Chez Ch. Meyrueis et Ce, rue Rivoli, 174;
Chez J. Cherbuliez, libraire, rue de la Monnaie, 10;
Chez Grassart, libraire, rue de la Paix, 3, et rue
Saint-Arnaud, 4.

A LYON,
Chez Denis fils, rue Impériale, 12.

A GENÈVE,
Chez Emile Beroud, libraire.

A LAUSANNE,
Chez Delafontaine et Ce, libraires.

A NEUCHATEL,
Chez Samuel Delachaux, libraire, successeur de
J.-P. Michaud.

A BRUXELLES,
A la Librairie chrétienne évangélique, rue de
l'Impératrice, 33.

www.ingramcontent.com/pod-product-compliance
Lightning Source LLC
Chambersburg PA
CBHW070759280626
47162CB00016B/1550